集齐作家榜经典名著
游鱼出听 鲤跃龙门
2024年9月藏
首版首印纪念章

搜神记

白话文

[晋] 干宝 著　何三坡 译

河南文艺出版社
·郑州·

《琴高取龙子》

第二天，琴高果然乘着红鲤鱼破水而出，径直坐入祠堂中。

《弦超知琼》

她夜里来早晨去，飘忽如飞。

只有弦超能看见她，别的人都看不见。

《寿光侯劾鬼》

寿光侯施法捉鬼后，这棵树盛夏时节竟然枯死了。有条七八丈长的大蛇，挂死在树上。

《麋竺遇火神》

麋竺便急忙上路回家，到家后，把所有财物都转移出来了。

中午，果然燃起了熊熊大火。

《孔子梦红雾》

麒麟对着孔子蒙住自己的耳朵，吐出三卷图册，宽三寸，长八寸，每卷有二十四个字。

《三王墓》

楚王梦见一个孩子，双眉间有一尺宽，扬言要报杀父之仇。

《竹林怪》

他家院子里有一町竹林，白天忽然看见有个人，一丈多高，脸像“方相”。

《张华遇见千年狐狸》

于是张华感慨说：“天下怎么会有这样的少年！如果不是鬼怪，就是狐狸。”

《汤应除精怪》

等到夜里三更，他忽然听见有人来叩门。

汤应远远地问是谁。来人回答说：

“我是部郡，前来拜访。”

目录

卷　三

卷　二

卷　四

卷　五

卷　六

卷 七

卷 八

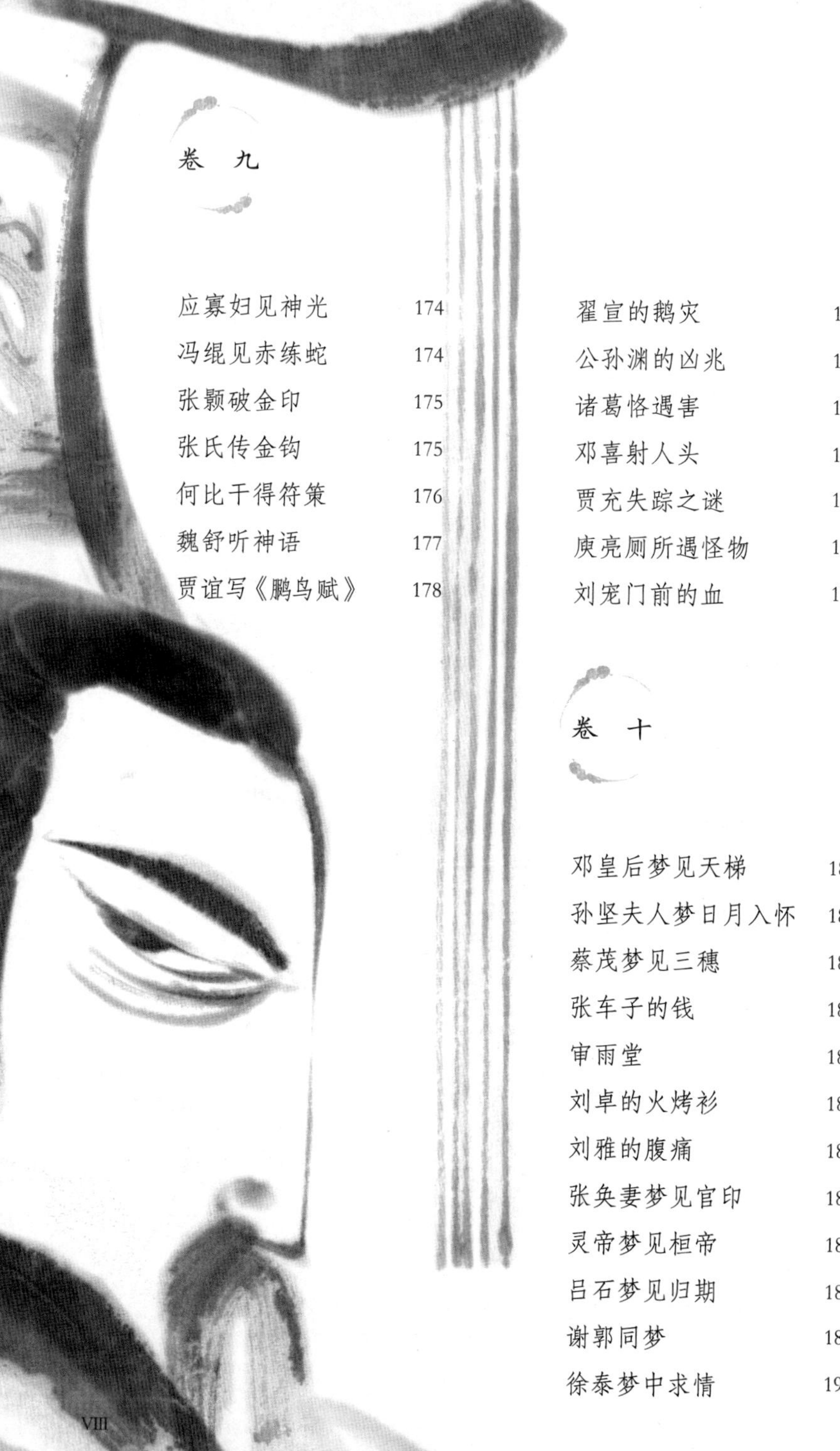

卷 九

卷 十

卷十一

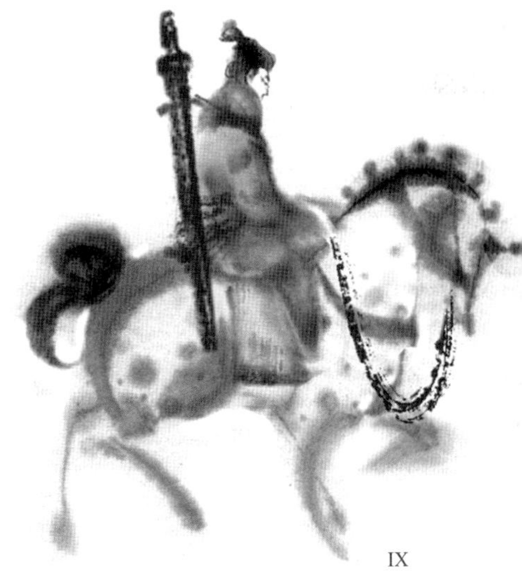

卷十二

卷十三

卷十四

卷十五

卷十六

卷十七

卷十八

卷十九

卷二十

序
万物自在，也不孤单

春秋犹繁星，汉唐如烈焰。

两晋是广袤长夜，是山中野马，是乌龟背上一道道凶险的裂纹。疾风穿堂过，带来寒号鸟的啼声。

这是中国历史上的诡异时刻——

有人蓍草问卦；有人重楼弄笛；有人宫墙下耳语；有人屏风后伏兵；有人饮酒，长醉不醒；有人坐一辆牛车去旷野穷途恸哭；有人刺一枚蝴蝶于脚踝处，身怀长剑；有人如孤松独立，弹完《广陵散》后长叹一声引颈就戮；有人招摇过市，头顶一朵乌云；有人朋辈成新鬼，一夕之间，眉鬓上积满了灰……

苍狗浮云，百变莫测。

有个叫干宝的图书馆馆长，刚注完《易经》，母亲就仙逝了。他决定将母亲与死去十年的父亲合葬，谁知打开墓穴，赫然发现当年被母亲推入殉葬的侍妾还伏在棺椁之上，容颜娇艳，一如生前。这女人被他载回家后，说起与干宝父亲在墓中同食同寝，恩爱如初，而家中十年来所历往事，侍妾都能巨细靡遗，一一说出。干宝冷汗满身，旋即将她改嫁他人。

父亲的侍妾易了门庭，而干宝仍是辗转难安，开始对现实世界生出了种种疑惑。他隐约意识到大千之外还有大千，甚至人事休戚与王朝废兴都不在人心，而在天命……

他披衣独坐，红烛高烧。他在一沓灞桥纸上放上了一块奇异的基石，一座玄妙的高阁悄然上升……

比如《史记》的广厦万间与黄钟大吕，《搜神记》是蜃楼，是野史，是磷火，是日暮里茅屋传出的断断续续的凄美的埙声。

凄美也是美，甚至更奇异，更迷人，更能催生无边的想象力。

想象力是震惊世界的魔力。作家余华在读《百年孤独》读到蕾梅黛丝坐在一块床单上飞上天时，他为马尔克斯伟大的想象力拍案叫绝，但几年后当他读到《搜神记》却发现干宝的想象力比马尔克斯还要厉害："下雨的时候，神仙会借雨下来；刮风的时候，神仙又能借风回到天上……"关心文学史的人都知道，没有《搜神记》，就不会有《天仙配》，不会有《窦娥冤》，不会有白居易的《长恨歌》，不会有蒲松龄的《聊斋志异》，也不会有鲁迅《铸剑》的荒诞、酷烈、绝望和清醒。

参天大树源于一粒种子，万千后果离不得一个前因。

与干宝同样做过图书馆馆长的博尔赫斯，曾经说起过柯勒律治的一朵花，并认为那是美的秘密，是文学之谜。

"如果一个人在梦里穿越了天堂，并且收到一朵鲜花作为他曾经到过那里的物证；要是他梦醒时，鲜花还在手中……那会是怎样的情景？"

而这朵"柯勒律治之花"早在《搜神记》中就悄然出现过了——

吴国选曹令史刘卓得了很严重的病，病中梦见有人拿了件白越布做的单衣送给他，说："你穿这件单衣，穿脏了只要用火烤一下就干净了。"

刘卓醒来，发现果然有件单衣放在枕席边。他穿脏后用火一烤，果然就变得干干净净。

这哪里是一件单衣？分明是平行宇宙一封秘密的书信。除了怪力乱神，让人惊绝的还有人世中最炽烈的情感——

宋康王荒淫无度，得知手下舍人韩凭的妻子何氏娇美，便将其霸占并软禁宫中，还将韩凭罚到边关去做苦役。韩凭无望中自杀而死。

于是，悲愤的何氏登台一跃，粉身碎骨。她在自己的衣带上留下遗书，希望能与韩凭合葬一处，生死相依。

宋康王气急败坏，不理睬她的诉求，将何氏葬在另一处。

但是神迹出现了，两棵梓树分别从两座坟墓的顶端长出，树枝在天空交接。又有雌雄鸳鸯，在树上栖止，交颈悲鸣。

“相思”这个词语，从这两株梓树出发，走向了整个世界，而鸳鸯从此成了爱情的象征。

友情同样惊心动魄——

范巨卿与张元伯在京城结为挚友。后来张元伯患病卧床，病情日重。他叹息说：“可惜见不到范巨卿了。”

张元伯撒手人寰时，范巨卿梦到张元伯前来交代死期，渴望下葬前见上一面。范巨卿梦醒后立刻快马加鞭朝张元伯家狂奔。而张元伯的灵柩已经启程出殡了。

灵柩到达墓地，却怎么也不能放入墓穴，母亲手抚灵柩潸然泪下：“难道你还在盼望你的朋友吗？”

这些故事美好得如同童话，都有着巨大的魔力。

午夜清寂，在热带的森林中译校完最后一页。鸟声骤起，如繁花盛开。想起我几年前在这片大地上写下的诗句：

夜莺带来安眠药
斑鸠(jiū)带来天真
巨嘴鸟和曳尾鹱(hù)带来幽默与可怕的任性
猫头鹰带来孤独的美感
…………

庄周说：独与天地精神往来，而不敖倪于万物。

暗夜中，万物自在，也不孤单。

何三坡

2022 年于泰国清迈

搜神记
卷一

神 农 鞭 百 草

炎帝用赤色鞭子鞭打各种草木，以便弄清它们平和还是有毒、寒凉还是温热，通过药味判断它们所主治的疾病，然后根据这些经验播种百谷。

因此，天下百姓都称炎帝为“神农”。

雨 师 赤 松 子

赤松子是神农氏时期的雨师。他服食一种叫冰玉散的长生不老药，并教神农服用此药。赤松子可以出入火中而不被灼伤。

他在昆仑仙山时，经常到西王母的石屋密室中去。他能随着风雨上天入地。炎帝的小女儿追随赤松子学习道法，得了仙道，与他一同升仙而去。

到了帝喾(kù)高辛氏时期，赤松子又做了雨师，遨游人间。现今的雨师都奉他为祖师。

赤将子舆（yú）

赤将子舆是黄帝轩辕氏时期的人。

他不食五谷，只服食各种草木的花。到了尧帝陶唐氏时，他是一名木工。他能够随着风雨上天入地。他时常在集市上卖缴（zhuó）（系在箭上的丝绳），因此人们又称他为“缴父”。

宁封子自焚

宁封子是黄帝轩辕氏时期的人。

相传他是为黄帝掌管制造陶器的官员，有位异士拜访他，为他掌控炉火。这人能在五色烟火中自由出入。时间久了，这位异士便将这种法术传授给了宁封子。宁封子堆积起柴火自焚，随着烟火上下飞舞。人们查看他自焚后的灰烬，里面仍有他残留的骸骨。

人们一起把他葬在宁北的山里，所以后人称他为“宁封子”。

偓佺（wò quán）采药

偓佺是一位在槐山上采药的老人，喜欢吃松子。他全身长着长毛，约有七寸。他的眼睛能同时看向不同的方向。他能飞行，追逐飞奔的野马。

偓佺把松子送给尧帝，但尧帝没时间吃。这种松树便是简松。传说当时吃过这种简松松子的人，都活了三百岁。

彭祖仙室

彭祖是殷商时期的大夫。他本姓钱，名铿（kēng），是古帝颛顼（zhuān xū）的后代，陆终氏的儿子。彭祖从夏朝活至商朝末年，号称有七百岁。他常吃桂芝。

历阳县有彭祖的仙室。上一辈的人说：到彭祖仙室祈求风调雨顺，立刻就会如愿。相传有两只老虎常常守候在他的仙室两侧。如今仙室虽然已经不在了，但两只老虎留下的足迹依然可以看见。

师门使火

师门是神仙啸父的弟子，能御火，喜欢吃桃花。

师门担任夏帝孔甲的御龙师一职的时候，孔甲因他不愿遵照自己的意愿行事而将他杀了，埋在荒野。一天，风雨来迎接师门升天，山林间的草木都烧了起来。

孔甲闻讯赶快来为师门祭祀并为他祈祷，但举行完祭祀仪式还没回到王宫就死在了半路上。

葛由木羊

西周葛由是蜀国羌(qiāng)族人。

周成王在位时，葛由喜欢雕刻木羊拿去卖。一天，葛由骑着木羊来到蜀国，蜀国的王公贵族听说这个消息，都追随着他，一同登上了绥(suí)山。绥山上有许多桃树位于峨眉山的西南面，高耸入云，看不到山巅。跟随着葛由的人都得道成仙了，再也没回去。

民间有歌谣传诵说："若得绥山一只桃，不能成仙亦自豪。"绥山下有为葛由建立的几十处祠庙。

崔文子学仙

崔文子是泰山人士，跟着王子乔学习仙道。

王子乔化身成一道白霓(ní)，带着仙药来见崔文子。崔文子吓了一跳，拿长戈去刺白霓。他刺中了，白霓带来的药掉落于地。崔文子俯身一看，发现是王子乔的尸体。他赶紧将王子乔的尸体移放在屋子里，用旧箩筐罩住。

不一会儿，那尸体竟化成了一只大鸟。崔文子打开箩筐去看，那只大鸟一翻身就飞走了。

冠先弹琴

冠先是春秋时期宋国人，以钓鱼为生。他在睢(suī)水旁住了一百多年，钓到的鱼，有的放生，有的卖掉，有的自己吃了。冠先总是戴着帽子，他喜爱种植薜荔，吃薜荔的花和果实。

宋景公曾向冠先请教长生之道，冠先不告诉他，宋景公便将他杀了。

几十年后，冠先忽然坐在宋国城门上弹琴，他一连弹奏了几十天才离去。宋国人家家户户都供奉冠先。

琴高取龙子

琴高是赵国人士，擅长弹琴，曾担任宋康王侍从官一职。琴高修炼涓子、彭祖的仙术，在冀州和涿(zhuō)郡间游历了两百多年。

后来，琴高辞别世人，入涿水中去取龙子。他与众弟子约定说：“你们明天都斋戒沐浴，在此设置祭祀的神祠等候。”

第二天，琴高果然乘着红鲤鱼破水而出，径直坐入祠堂中。当时，有上万人前来观看。琴高在岸上逗留了一个月，后来又入水而去了。

陶安公通天

陶安公是六安县的铸铁师，他经常生火铸铁。

一天，他铸铁的火焰突然发散向上，紫色的火光直冲云天。陶安公吓得赶紧趴在铸铁炉下，向上天祈求宽恕。

过了会儿，一只朱雀落在铸铁炉上，唱道：“安公，安公，你的铸铁炉与天通。七月七日，赤龙接你入天宫。”

等到七月七日那天，陶安公乘着赤龙向东南方飞去。城中数万人，凡是为陶安公饯行的，陶安公都一一辞别。

焦山老君

有人进焦山学道七年，焦山老君交给他一根木钻，让他用木钻钻穿一块五尺厚的磐石。老君说："只要钻穿这块石头，你就能得道成仙。"

这人钻了四十年才将石头钻穿，最终获得了炼丹成仙的秘诀。

鲁少千

鲁少千是西汉时期山阳县人。

汉文帝曾简装易行，带着千金来拜访鲁少千，想要问他修道的方法。而鲁少千则一手拄着黄金拐杖，一手拿着象牙扇子，出门相迎。

淮南八公

西汉时代，淮南王刘安喜好道术，他专门设厨宰一职，以便接待会道术的宾客。

正月上旬辛日，有八位老人登门拜访淮南王。门吏禀报淮南王后，淮南王让门吏随意刁难他们八人。门吏便说："我们王爷向往长生不老，各位先生又没有驻颜防衰之术，我没敢将你们来拜访的事告诉王爷。"八公闻言，知道是淮南王不想接见他们，便化身成为八个童子，个个面若桃花。

淮南王便接见了八公，他准备了隆重的礼乐来款待八公。淮南王拨琴而歌，唱道：

明明上天，照四海兮。
知我好道，公来下兮。
公将与余，生羽毛兮。
升腾青云，蹈梁甫兮。
观见三光，遇北斗兮。
驱乘风云，使玉女兮。

这就是流传至今日的《淮南操》了。

刘根召鬼

刘根，字君安，是汉代京兆长安人。汉成帝时期，刘根入嵩山学习道法时，遇到一位能人异士，传授给他成仙的秘诀，他便得了仙道，能召唤鬼魂。

颍（yǐng）川太守史祈认为刘根妖言惑众，便命人将刘根抓了起来，想要杀了刘根。等刘根被抓到太守府，史祈便说："听说你能让人见到鬼，你现在让鬼现形给我们看看，如果不能，我就杀了你。"刘根说："这很简单。"刘根借史祈桌案上一支笔画了一道符，然后轻轻叩响桌面。

过了一会儿，便看见五六个鬼绑着两个囚犯来到史祈面前。史祈仔细一看，那两个囚徒竟是自己的父母。那两个囚徒向刘根磕头说："我儿无礼，冒犯了您，真是罪该万死。"然后又斥责史祈："你做子孙的不能光宗耀祖也就罢了，为何还要得罪神仙，将你的双亲连累到这个地步。"史祈悲痛万分，不停向刘根磕头认错。

刘根沉默不语，忽然就离开了，再也不知所终。

王乔野鸭

汉明帝时期，河东县的尚书郎王乔还是邺(yè)县县令。

王乔有法术，每月初一，他都会从邺县前往朝廷拜谒。明帝奇怪王乔来得如此频繁却不见他的车马，便暗中让太史观察。太史回禀说王乔每次来的时候，都有两只野鸭从东南方飞来。

于是，明帝便命人埋伏起来，等见到野鸭，便用网罩住它们，但他们抓到的只是一双鞋子。明帝让尚书辨认这双鞋，发现竟然是永平四年皇上赐给尚书官属的鞋子。

蓟(jì)子训隐遁

蓟子训不知是什么地方的人。

东汉时期，他到洛阳拜访众公卿。他去了几十处地方，每次都带着一斗酒、一块肉脯伺候众人。他说：“我自远方而来，没带什么特别的东西，只能用它们聊表心意。”宴席上几百人，一整天吃吃喝喝，也不能喝光面前那斗酒，吃光眼前那块肉脯。每次蓟子训离开，人们都看见有白云从他离开的地方升起，从早到晚，缭绕不散。

当时，有个百岁老人说："我小时候曾见蓟子训在会稽(kuài jī)集市上卖药，他当时就是现在这个模样。"

蓟子训不喜欢住在洛阳，后来悄悄离开了。

等到曹魏正始年间，有人在长安东面的霸城，见到蓟子训与一个老人一同在抚摸一尊铜像，他们互相说："先前才见到铸造这尊铜像，转眼已是近五百年光阴了。"

看见蓟子训的人便喊道："先生停留一下吧。"蓟子训他们一边走一边应声。他看起来走得很慢，可就连飞奔的骏马也追不上他。

汉 阴 生 乞 市

汉阴生是一个栖身于长安城渭桥下的乞讨的小孩。

他常常在集市上乞讨，集市上的人深感厌烦，就拿粪水泼他。不久，汉阴生又出现在集市上乞讨，而他的衣服已经没有了原先的污迹。长安城的官吏知道了，就把他抓起来，给他戴上了镣铐，然而汉阴生戴着镣铐又出现在集市上，继续乞讨。官吏又把汉阴生抓起来想杀掉他，汉阴生这才离开了。

当初那个向他泼粪水的人家里的屋子无缘无故就倒塌了，砸死了十几人。于是，长安城中就开始流传这样的歌谣："看见乞讨的儿童要给他美酒，以免遭到房屋倒塌的报应。"

平常生

山东谷城乡下有个叫平常生的人，不知道是从什么地方来的。他多次死而复生，当时的人都认为不可能会发生这样的事情。

后来，乡里发洪水，被洪水损毁的地方不止一处。平常生就在缺门山上大喊："平常生在此。天还要下雨，洪水过五天一定会退去。"

洪水退去了，人们到山上去为平常生立祠。大家只发现了平常生的衣服、手杖、腰带，人却不知去向。

几十年后，人们又发现平常生在华阴市做守门人。

左 慈 显 神 通

左慈，字元放，是东汉末年庐江县人。左元放年少时就有神通。

左元放曾参加曹操举办的宴会，曹操环顾与会宾客说:“今日聚会，高朋满座，我略备了一些美酒佳肴招待大家。所缺少的,只有吴淞江的鲈鱼做成的生鱼片了。”左元放回答说:“这鱼容易得到呀。”于是就要来一个铜盘，在盘子里倒满水，用竹竿挂了鱼饵在盘中垂钓。才一会儿，他就钓出来一条鲈鱼。曹操拍手叫好，与会宾客都惊讶不已。曹操说:“一条鱼不能满足在座所有的宾客，要是得到两条鱼就好了。”左元放于是又挂了鱼饵去垂钓，不久，又钓出来一条鲈鱼。两条鱼都有三尺多长，鲜活灵动。曹操便亲自上前将鱼切成鱼片，分给所有的宾客。

曹操说:“现在已经有了鲈鱼，可惜没有蜀国的生姜。”左元放说:“这也可以得到。”曹操疑心他会在附近买姜，便故意说:“我之前命人到蜀国去购买蜀锦，你可以让人告诉我派去的使者，让他多买四丈锦回来。”左元放离开了，才一会儿就回来了，且买到了蜀国的生姜。他说:“我在蜀国卖布的店铺里遇见了您派去的人，已经告诉他多买四丈锦了。”过了一年多，曹操派去买锦的人回来了，果然多买了四丈锦。曹操问他原因，他回答说:“去年某月某日，我在卖布的店里遇见您派来的人，他将您的话带给了我。”

后来，曹操到郊外游玩，好几百人跟随他一同出游。左元放便拿着一壶酒和一块肉脯招待众人。他亲自给百官倒酒敬酒，随行众人无不吃饱喝足。曹操觉得此事怪异，便命人去一探究竟。使者巡查来到一户卖酒肉的人家，才知道这家店昨夜丢失了所有的酒和肉脯。

曹操大怒，想要暗中派人杀了左元放。左元放正坐在自己的座位上，当曹操命人抓捕他时，他却躲进了墙壁里，忽然一下就不见了。曹操便下令悬赏捉拿左元放。有人在集市上遇见了他，想抓他时，却发现集市上所有的人都变成了左元放的模样，不知道哪一个才是真正的他。

后来，有人在阳城一座山头见到了左元放，又想抓他，左元放便逃进了羊群里。曹操知道抓住左元放并非易事，便命人对着羊群说："曹公并不想杀你，只是想试试你的法术而已。如今已经验证了你的法术，便只想与你见一面。"忽然，羊群中有一只老羊弯起两只前蹄，像人一样站起来说："都慌张成这个样子了。"那人立马说："这只羊就是左元放。"大家便竞相追赶这只羊。然而，羊群中几百只羊都变成了这只老羊的模样，弯着前蹄，像人一样站着说："都慌张成这个样子了。"大家又不知道该抓哪只羊了。

老子说："我之所以烦忧，是因为我有形貌。如果我没有这形貌的话，我还有什么可烦忧的呢？"像老子这样的人可以说是能够无身形的人了，但与左元放相比不是还差得远吗？

孙策斩于吉

汉末孙策准备渡江攻打许昌，琅琊（láng yá）道士于吉随他的军队一同行进。当时天气十分干旱，军队所行之处都非常炎热，孙策便催促将士，让他们加速牵引战船。有时，他会亲自早起督工，却常见到众将士都聚集在于吉那里。

孙策因此大怒，说："难道我还不如于吉吗？你们竟然都依附于他。"于是便命人将于吉抓了押到自己面前。孙策斥责于吉说："天旱无雨，水道难行，不知道什么时候才能渡江。我为此每天起早督工，而你不能为我分忧，却安坐船中，装神弄鬼，涣散军心。今天就该杀了你！"孙策让人将于吉绑了扔在外面暴晒，然后命于吉求雨。如果于吉能感动上天，在中午之前下雨的话，就赦免他，否则就杀他。

忽然间云气蒸腾，逐渐汇集，快到中午的时候，天上便下起了倾盆大雨，河道里都涨满了水。将士们十分开心，以为于吉一定会被赦免，便一起前往庆祝问候。

但孙策最终还是杀了于吉。将士们很悲痛又惋惜，便偷偷将于吉的尸体藏起来。当天夜里，忽然有云气升腾笼罩在于吉的尸体上。大家第二天再去查看时，于吉的尸体已不知到哪里去了。

孙策杀了于吉之后，每当其独自静坐时，总感觉于吉就在他的身边。他渐渐觉得很是厌烦，精神也有些失常。后来，他身上的伤口刚刚有些愈合，当他照镜子查看伤口的时候，忽然看见于吉出现在镜子里，回头去看，却又不见了。几次三番皆是如此。于是孙策砸碎镜子，大叫一声，他的伤口因此全都崩裂开来，一会儿就死了。

介琰（yǎn）百变

介琰，不知道是哪里的人。他住在建安方山，跟随他的老师白羊公杜学习“玄一”“无为”的道法，能变幻身体和隐形。

介琰曾在东海一带漂泊，并在秣（mò）陵作过短暂停留，与吴国君主孙权交好。孙权留住介琰，为他建立庙宇，一天之内，数次派人前去问候他的饮食起居。介琰有时候变成童子模样，有时候变成老人模样，不吃不喝，也不接受他人的馈赠。

孙权想跟着他学习道法，介琰则因为孙权后妃太多而一连几个月都不教他。孙权生气了，命人绑了介琰，让士兵拉弓射死他。箭刚射出，介琰便消失了，而绑他的绳子还在。

徐光种瓜

三国时期东吴有个叫徐光的人，曾在集市上施法。他向卖瓜的人讨瓜，卖瓜人不给，他便跟卖瓜人讨要瓜籽，用手杖在地上挖了个坑，将瓜籽种进去。不一会儿，瓜苗冒出地面，瓜藤蔓延缠绕，开花，结果。徐光便摘下那新长出来的瓜吃，还把它们送给围观的人。卖瓜人回头看自己的瓜，竟全都不见了。

徐光预测水涝干旱都十分灵验。

徐光曾路过大将军孙綝（shēn）的宅院，提起自己的衣衫匆匆忙忙跑过去，还朝地上吐了几口唾沫。有人问他缘故，他回答说：“这地方血流不止，腥臭难耐。”孙綝闻言十分生气，便把徐光杀了。但砍下徐光的头，却不见流血。

后来，孙綝废黜（fèi chù）幼帝，另立孙休为景帝，准备去拜谒（bài yè）皇陵。他们刚上车，就有大风将孙綝乘坐的车子刮倒了。孙綝看见徐光在一棵松树上拍手指挥，并嘲笑他。他问周围的侍从，大家都说没有看见徐光。不久，景帝便将孙綝诛杀了。

葛玄写道符

葛玄，三国方士，字孝先，跟随左元放学习《九丹液仙经》。

他曾在与客人一同吃饭的时候谈到法术变幻的事情，客人说："等吃完饭，请先生为我们做个特别的法术表演吧。"

葛玄说："你心中是不是有什么想马上见到的东西呢？"然后他吐出嘴里的米饭，这些小饭粒忽然变成了几百只大马蜂，围绕在客人周围，也不蜇人。过了一会儿，葛玄张开嘴，这些马蜂就都飞进了他的嘴里。葛玄咀嚼它们，它们又成了原来的米饭。

葛玄又指挥蛤蟆以及各种爬虫鸟雀之类的动物跳舞，使它们像人一样应和着节拍。冬天，他为客人们准备新鲜的瓜果枣子；夏天，他为客人献上寒冰白雪。他把几十枚铜钱随意丢进井里，然后拿着一个法器在井上念念有词，铜钱便一一从井里飞了出来。葛玄请客人喝酒，不需要有人传递酒杯，酒杯自己会走到他们面前。如果杯中的酒未被饮尽，杯子便不会离开。

葛玄曾与吴国国主孙权一同在城楼上看百姓制作求雨用的泥人，孙权说："百姓求雨，天可以下雨吗？"葛玄回答说："下雨很容易啊。"于是便画了一道符放在神社里，顷刻之间，天地晦暗，大雨倾盆。孙权说："这水中有鱼吗？"葛玄又画了道符扔到水中，过了一会儿，水中就出现了几百条大鱼，孙权便派人去捉鱼。

吴猛止风

吴猛是濮(pú)阳人氏，在吴国担任西安县令一职，于是把家安在了分宁。吴猛生性纯孝，曾遇到一个叫丁义的至圣之人教给他成仙秘诀，后来又得到了秘法神符，道术便更精进了。

吴猛曾遇见大风，他画了道符咒扔到房顶，然后有一只青鸟把符咒叼走了，风立马便停止了。有人问他缘故，他回答说:“南湖上有条船，遇到这大风，船上的道士正向我求救呢。”人们跑去核查，果然有这样的事。

西安县令于庆死了已有三日，吴猛说:“他的命数还未到尽头，我应当为他向天庭陈诉这件事。”于是他便躺在县令的尸体旁，几天之后，他与县令一同坐了起来。

后来，他带着弟子回豫章，遇见江水湍急，难以渡河。吴猛便用手中的白羽扇在江水上画了一道线，江水便横向流动，中间出现了一块陆地。吴猛与弟子慢慢悠悠地从陆地上走过去，刚过去江，江水就又变回了它原来的样子。围观的群众都震惊不已。

吴猛曾经驻守浔阳县，周参军家忽然狂风骤起，吴猛立即画了道符扔在他家屋顶上，一会儿风就止住了。

园 客 养 蚕

园客是济阴县人，容貌俊美，同乡的人都想把女儿嫁给他，但园客始终不曾婚娶。

园客曾种植五色香草，累计有几十年时间，一直服用这种香草的果实。后来，忽然有一只五色神蛾落在香草上，园客便把它捉下来放在布上，那神蛾产下许多蚕卵。等到了养蚕的季节，有位神女深夜拜访，帮助园客养蚕，也用五色香草喂蚕。

他们收获了一百二十颗蚕茧，个个都大如酒瓮，每只蚕茧缫(sāo)丝(sī)要用六七天才能将蚕丝缫尽。等缫丝完毕，园客与神女一同升仙而去，没有人知道他们去了哪里。

董永遇织女

汉代董永是千乘(shèng)人，年幼丧母，与父亲一同生活。他每次到田里干活，都会让父亲坐在小车子里陪伴自己。

后来父亲死了，董永没钱安葬自己的父亲，便把自己卖给别人做奴仆，用卖身的钱来办父亲的丧事。买主知道董永是个贤良孝顺的人，便给了他一万钱，让他离开。董永守丧三年完毕，回到了买主家，想完成他做奴仆的职责。路上，他遇见一名女子对他说："我愿意嫁给你为妻。"于是，这女子便与董永一同去了主人家。

主人对董永说："那一万钱是我送给你的。"董永回答说："承蒙您的恩惠，我才得以安葬父亲。董永虽然卑微，但也一定会竭尽全力来报答您的厚德。"主人问："你的妻子会做什么呢？"董永说："她会织布。"主人说："你若是非要报答我的话，那就让你的妻子为我织一百匹细绢吧。"

于是，董永的妻子便为主人家织布，十天便织完了这一百匹细绢。女子走出门来，对董永说："我是天上的织女。因为你极其孝顺，天帝才命我下凡帮助你偿还债务呢。"说完，女子腾空而去，不知道飞去了什么地方。

钩弋夫人空棺

当初，钩弋夫人赵婕妤(jié yú)犯了罪，被汉武帝处以死刑。等到了出殡的日子，她的尸体不但不臭，而且飘香十里。于是，汉武帝便下令将她葬在云陵。汉武帝时常哀悼她，却又疑心她并非凡人，便命人挖坟开棺，发现棺里并没有尸体，只留有一双丝鞋。

另一种说法是：汉昭帝继位后，要将钩弋夫人改葬，发现棺中没有尸体，只留下来一双丝鞋。

杜兰香与张传

汉朝时期，有个叫杜兰香的人，自称是南康人氏。在建兴四年春天的时候，她多次拜访张传。当时张传十七岁，看到杜兰香的车马就停在门外，她的婢女过来替她传话说："我娘生下我，让我嫁给你，我怎敢不从？"

张传曾经将名字改为张硕，张硕便叫这女子走近来细瞧，打量了一番。这女子十六七岁的模样，但她说的事好像都很久远了。她带了两个婢女，年纪大些的名叫萱支，年纪小些的名叫松支。她们乘坐青牛拉的镶着宝石的牛车，车上还准备了美酒佳肴。杜兰香作诗道：

阿母处灵岳，时游云霄际。
众女侍羽仪，不出墉宫外。
飘轮送我来，岂复耻尘秽。
从我与福俱，嫌我与祸会。

等到当年八月的一天早上，杜兰香又来了，作诗道：

逍遥云汉间，呼吸发九嶷（yí）。
流汝不稽路，弱水何不之。

她拿出来三颗山药果子，个个都像鸡蛋一般大小，说："吃了这个，可以使你不再畏惧风浪，免除寒暑之疾。"张硕吃了两颗，想要留下一颗，杜兰香不同意，要他全部吃了。她说："我本想做你的妻子，这样的感情不会疏远，但我们年命不合，我怕会有些微不和谐。等太岁位于东方卯的时候，我还会回来找你的。"杜兰香来的时候，张硕问祭祀如何。杜兰香说："消魔本身就能治愈疾病，祭祀过多反而没有什么好处。"杜兰香把药品称作"消魔"。

弦超知琼

三国时期，曹魏济北郡的从事掾(yuàn)弦超，字义起。嘉平年间的一天夜里，弦超一人独眠，梦见有神女前来相伴。神女自称是天上玉女，东郡人，姓成公，字知琼，年幼时便失去了父母，天帝念她孤苦无依，准许她下凡嫁人为妻。弦超做梦时，精神爽快，感知清晰，他赞美知琼的美貌非寻常人能比。他醒来后再回忆此梦，只觉得亦幻亦真。如此度过了三四个晚上。

一天夜里，知琼现身来游，她乘坐着精致华贵的小车，随着她的八个婢女都穿着绫罗绸缎，样貌姿态都似仙子模样。知琼自称已经七十岁了，但她看起来还只是十五六岁少女的模样。车上有壶、榼(kē)、青白色的琉璃器具，饮食奇异。她准备了美酒佳肴，与弦超一同饮用。知琼对弦超说：“我是天上的玉女，天帝命我下凡成亲，所以我才来从你的，不是因为你的德行，只是感念前世的缘分，应该与你结为夫妻。这虽然不会有什么好处，但也不会有什么坏处。而我们平时往来可以坐小车，骑肥马，饮食上也能时常吃到一些山珍海味，绫罗绸缎享用不尽。但我是神仙，不能为你生儿育女，也没有嫉妒的本性，不会阻碍你正常的婚姻。”于是，他们就结为夫妻了。知琼赠诗一首给弦超，诗中写道：

飘颻浮勃逢，敖曹云石滋。

芝英不须润，至德与时期。

神仙岂虚感，应运来相之。

纳我荣五族，逆我致祸灾。

这只是这首诗的大意，全诗二百多字，没能完全记录下来。知琼还注释了七卷《易经》，有卦辞、象辞，并以彖辞为统属。因此，知琼注解的《易经》既有义理，又可以用来占卜吉凶，就像扬子的《太玄经》、薛氏的《中经》一样。弦超能理解其中的意旨，用它来预测吉凶与天气变化。

他们做了七八年的夫妻，弦超的父母为他另娶妻子后，知琼便与弦超隔一天一同吃饭，隔一天一同睡觉。她夜里来早晨去，飘忽如飞。只有弦超能看见她，别的人都看不见。虽然在闺房里常常能听见她的声音，也能看到她留下来的痕迹，但人们始终没有见过她的模样。

后来，家人觉得奇怪，问弦超缘由，弦超便将此事泄露出去。玉女便请求离开，她说："我是神女，虽然跟你交往，但不想被世人知晓，而你粗心大意。我的事情现在都泄露了，今后不会再与你见面了。你我这些年相伴，情谊深厚，一旦分别，难道不会悲伤吗？但事已至此，不得不这样，只望我们以后都好自为之吧！"说罢，玉女又命人准备酒食，与弦超一同享用。然后打开箱子，取出两件衣服送给弦超。又赠诗一首，拉着弦超的手臂告别，泪流满面。然后，她神情凄然地坐上车子，像飞一般离开了。弦超忧伤了很多天，以至神情萎靡，精神不振。

玉女离开五年后，弦超奉命出使洛阳。他在济北鱼山下的一条小路上向西走，远远地便望见路的尽头有一辆马车，好像是知琼的马车。弦超赶忙追了上去，果真是她。于是玉女撩开车帘相见，两人都悲喜交加。弦超牵着车左边的马坐上车去，两人一同乘车去了洛阳。后来又结为夫妻，重修旧好。

太康年间，他们仍然生活在一起，只是不再是日日往来，而只有在每年的三月初三、五月初五、七月初七、九月初九和每月的初一、十五，知琼才会来，过上一晚又离去。张茂先为她写了一篇《神女赋》。

卷二

寿光侯劾鬼

寿光侯是汉章帝时期的人。他能够降服各种鬼魅，使它们自己绑缚自己，现出原形。他的同乡中有一位妇人因鬼魅缠身而患病，寿光侯为她捉鬼，捉到一条几丈长的大蛇，将它杀死在门外，妇人的病就痊愈了。又有一棵大树，树里面有精怪，人只要在这树下逗留就会死去，鸟儿飞过这棵树也会掉下来。寿光侯施法捉鬼后，这棵树盛夏时节竟然枯死了。有条七八丈长的大蛇，挂死在树上。

汉章帝听说了这件事，便问寿光侯虚实。寿光侯回答说："确有此事。"汉章帝说："我的宫殿里也有怪事，每到夜半，常有几个人穿着绛红色的衣裳，披头散发，手持火把，一个接着一个地走着。你能把他们抓住吗？"寿光侯说："这都是些小妖怪，很容易消灭的。"

于是汉章帝派了三人伪装成鬼来骗寿光侯。寿光侯便施法捉鬼，那三人立马倒在地上，断了气。汉章帝震惊地说："他们不是鬼魅啊，我只是想试试你的法术罢了。"汉章帝便命令寿光侯解除了法术。

也有人说，汉武帝时，宫殿中经常见到有穿红色衣服披头散发的妖怪。这些妖怪都持着蜡烛而行。汉武帝问刘凭："你能除掉这些妖怪吗？"刘凭说："可以。"于是就用青符扔它们，然后这些鬼便应声倒地。汉武帝吃惊地说："只是在试探你而已呀！”禳(ráng)解之后，这些人便苏醒了。

樊 英 灭 火

樊英在壶山中隐居。

曾有大风从西南边刮起，樊英对他的学生说：“成都市集里的火一定烧得很大。”于是，他就含了一口水喷出去，让他的学生记下这个时间。

后来，有个从蜀国来的人说：“那天大火，有云气从东方升起，一会儿就下起了大雨把火浇灭了。”

徐 登 赵 昞(bǐng) 斗 法

闽中有个叫徐登的人，由女子变成了男人，与东阳郡赵昞一样，都很擅长方术。

适逢战乱，徐登与赵昞在溪水边相遇，都各自夸耀起自己的法术。徐登先是施法让溪水静止不动，赵昞则施法让杨柳发出新芽。之后，他二人相视一笑。徐登年长一些，赵昞便待他如老师一般。

后来，徐登死了，赵昞便去了东面的长安。百姓都不知道他，赵昞就飞上茅草屋顶，在屋顶上用大鼎生火做饭。主人觉得很惊奇，赵昞却笑而不答，茅草屋也没有什么损坏。

赵昞临水求渡

赵昞曾在水边请求船家带他渡河，船家不同意。赵昞于是就拉开车的帷幔，坐在里面，长啸一声，呼来大风，车子便乘着风过了河。

于是那里的老百姓都很敬佩他，追随他的人很多。长安县令觉得赵昞妖言惑众，就把赵昞抓起来杀了。

百姓们在永康为他建了一座神祠，至今蚊虫都进不去。

徐赵清俭

徐登、赵昞二人都崇尚清俭，祭神之时以东流之水代酒，桑树皮当作肉脯。

东海君

陈节拜访各位神仙时，东海君曾将一件名贵的青色短袄赠给他。

边洪发狂

宣城的边洪，担任广阳领校一职，母亲去世后，他便回到了家中。

韩友到他家中借宿，当时天色已晚，韩友忽然出来跟随从说："快些整理行囊，我们今晚就走。"随从问："今天天已经黑了，周围是几十里的荒地，我们要到什么地方去呢？”韩友说：“这里血流满地，哪里能够再住？”边洪苦苦挽留，但没能留住他。

当天夜里，边洪忽然发狂，用绳子勒死了自己的两个儿子，还杀死了自己的妻子，后来又用刀砍他父亲的两个婢女，婢女都受了重伤。边洪也因此出走，不知逃到哪里去了。

几天之后，人们在他家前面的树林里找到了他，但他已经上吊而死了。

鞠道龙说黄公事

鞠道龙擅长幻术。他曾说：“东海人黄公，擅长幻术，能制服蛇，能驾驭虎，常常佩带着一把赤金刀。“老了之后，常常酗酒。秦朝末年，东海出现了一只白虎，皇上下令让黄公带着赤金刀去降服它。那时候黄公的道法已经衰退不灵了，于是他被白虎杀死了。”

谢 纠 画 符

谢纠曾为招待客人，用朱砂画了一道符扔在井中，然后就有一双鲤鱼从井中跳了出来。谢纠命人将鲤鱼做成鱼片，满堂宾客都吃到了这鱼片。

天 竺(zhú) 魔 法

晋朝永嘉年间，有一个天竺胡人，来到江南。这人会很多法术，能割断自己的舌头然后再接上，能吐火。他在的地方总是围着很多观众。

他把舌头割断之前，会先把自己的舌头伸出来给大家看，然后拿刀割断舌头，血流满地，又把割下来的舌头放在器皿中，让观众传阅。人们再看他嘴里的舌头，那舌根还在。等人们把舌头还给他后，他再把舌头含在嘴里接上去。人们坐等片刻，发现他的舌头又像原来的样子了，不知道这舌头是不是真的断过。

他还能使断开的东西再连接起来。他先取来一块绢布，和别人各握绢布的一头，拿剪刀对着布中间剪断，然后把两块断了的地方再合起来，绢布又是完整的一块了，与之前没有什么不同。当时很多人以为这只是幻术，于是暗中验看了一下，发现他是真的剪断了布。

他能吐火。先把火药装在一个器皿里，然后取出一撮火药与黍糖一起放入口中，多次呼气吹气，等他再张开嘴巴，就满嘴都是火焰了。于是吐出嘴中的火来做饭，确实是真的火。

他又拿书纸或者是丝绳之类的东西丢在火里，大家看着它们都被火烧尽了。他拨开灰烬，又将那些东西拿出来，还是原来的那些东西。

扶南王判罪

扶南王范寻在山中饲养猛虎。如果有人犯了罪，他就将那人投给老虎，如果老虎不吃他，便可无罪释放他。因此，这座山名叫大虫山，也叫大灵山。

他还养了十条鳄鱼，如果有人犯了罪，他就把这人投进鳄鱼池。如果鳄鱼不吃他，他就会被释放。没有罪的人都不会被吃掉。因此这座池子叫鳄鱼池。

他还命人将水煮沸，将自己的金指环扔进沸水中，让犯人用手去捞。那些正人君子，手都不会被烫伤；而有罪的人，手一伸进沸水里就会被烫伤。

贾佩兰说宫内事

戚夫人的侍女贾佩兰，后来出宫嫁给扶风人段儒为妻。她说：

“我在宫里时，宫女们常常聚在一起吹笛弹琴，歌唱起舞，相互欢娱。良辰吉日，都争相穿着华贵绮丽的服装。每年十月十五，一起来到灵女庙，用稻米、猪肉祭神，一起吹笛，击鼓，唱《上灵之曲》。然后互相挽着胳膊，踏地为节拍，唱《赤凤皇来》的曲子。这些都是巫俗。

“等到七月七日，大家到百子池旁。奏于阗(tián)乐，等奏完乐，互相用五色缕线缠在胳膊上，称作‘相连绶’。八月初四，走出雕房北门，到竹林里下棋。赢的人会终年享福，输的人会终年生病。但只要取出丝缕，向北辰星祈求长命百岁，就可以禳除灾祸。

“九月九日，大家佩戴茱萸(zhū yú)，食用蓬草饼，喝菊花酒，可以使人长命百岁。菊花开放时，连着茎叶一起摘下，用黍米混杂在一起酿酒。等到来年的九月初九日，酒才酿成，可以喝，所以称作‘菊花酒’。

“正月上辰日，大家一起到水池边盥洗，吃蓬草饼以消除灾邪。三月上巳日，人们到流水边奏乐。一年便是这样度过的。”

李少翁招魂

汉武帝宠爱李夫人。李夫人死后，武帝思念不已。齐人李少翁是个方士，自称能为汉武帝招来李夫人的魂魄。

晚上，李少翁布置帷帐，点亮帷帐中的烛火，让汉武帝在其他帷帐中遥遥相望。只见有位佳人站在帷帐中，看着就是李夫人的模样，她在帷帐中坐下又站起，走走停停，汉武帝却不能凑近去看。

武帝更加悲伤了，便作诗道：“是耶？非耶？立而望之，偏婀娜，何冉冉其来迟！”下令让乐府各乐师来为这首歌谱曲吟唱。

营 陵 道 人

汉北海营陵有个道士，能让活人与死人相见。

他同郡有个人的妻子已经死去很多年了，听说他的这个本领后便来拜访他，说："希望你能让我见一见我死去的妻子，这样就算我死了也不遗憾。"道士说："你可以去看她，但是你一听见鼓声就要马上出来，千万不可逗留。"于是便告诉了这个人相见的方法。

一会儿，这男子果然看见了自己的亡妻。他与妻子交谈，恩爱悲喜之情如同生前一样。良久，忽然听见有鼓声响起，男子神情悲伤，不愿离去。当他出门的时候，衣襟忽然被门钩住了，他扯断衣襟才离去。

后来过了一年多，这个人死了。家人把他跟他妻子合葬在一起，打开坟墓时，发现他妻子的棺盖下有一片他当时扯断的衣襟。

坟 上 白 头 鹅

吴国孙休患了病，想找个巫医来为他看病，找到一人，想试试这个人的巫术。

他便杀了一只鹅把它埋在院子里，在上面盖了小屋，放置木床、桌子之类的，还用妇女的鞋子、衣物盖在上面。他让巫医来看，跟他说："你要是能说出这座坟墓里女鬼的模样，我就重重地赏赐你，也会信任你。"

巫医在那里看了一天也没说一句话。

孙休催问得急了，他才回答说："我实在是没看见什么女鬼，只看到一只白头鹅站在坟上，所以没有马上向您禀告。我疑心这是鬼怪故意变成这个相貌，想等它现出真形才能确定。但它一直没有什么变化，不知道是什么原因，只能向陛下说实话了。"

巫 婆 认 朱 主

吴国孙峻杀了孙权的女儿朱主，把她埋在石子冈上。

等到归命侯孙皓即位，想为朱主改葬，但石子冈上坟墓相连，分辨不出哪一座坟是朱主的坟墓，只有朱主当时的婢女还记得朱主死的时候穿着的衣服。于是，孙皓便命令两个女巫各自站在石子冈的一处，等待朱主的鬼魂飘过，并让人监视这两个女巫，让她们不能相互接近。

许久，两个女巫都说看见一个女子，年纪三十多岁，头上用青色锦布包住了头发，穿着紫白相间的衣裙，穿着红绨丝鞋，从石子冈向上走去。走到半山腰的时候她用手按着自己的膝盖，长长地叹了口气，休息了一会儿后，再走到一座坟上停住了，徘徊许久，忽然就不见了。

这两人说的话不谋而合。于是孙皓便命人打开坟墓，衣服果然和她们描述的一样。

夏侯弘见鬼

夏侯弘自称能看见鬼魂，能与鬼魂交谈。

镇西将军谢尚的马忽然死了，这令他十分忧伤烦恼。谢尚对夏侯弘说：“你如果能让我的马死而复生，我就相信你是真的能看见鬼神。”夏侯弘离开了很久，回来的时候说：“庙里的神仙喜欢您的马，所以才把马带走了。现在我会让它复活。”夏侯弘便坐在死马对面，一会儿，马忽然从门外回来了，它走到死马身边就不见了。那匹死马随即就能动弹，还能站起来行走。

谢尚说：“我没有子嗣，这是对我一生的惩罚。”夏侯弘没有当场告诉他缘由，只是说：“我刚刚遇见的都是一些小鬼，它们是不会知道这件事的缘由的。”

后来，夏侯弘遇见一个鬼，坐着崭新的车子，有十几个小鬼跟着他，都穿着青丝布袍。夏侯弘便上前拉住牛鼻环，车里的鬼问他说：“你为什么拦住我的车子？”夏侯弘说：“我有事想问您。镇西将军谢尚至今没有儿子，此君风流倜傥，很有声望，万不可使他断绝子嗣啊。”

车中的鬼有些动容，说：“你说的这个人正是我的儿子。他年少时，曾与家中的婢女私通，并发誓不再婚娶，可是他违背了誓言。如今这婢女死了，向天帝控告此事，所以他不会有儿子了。”夏侯弘把这件事告诉了谢尚。谢尚说：“我年少时确实做了这样的事。”

夏侯弘在江陵遇见一个大鬼，那鬼拿着长矛，有好几个小鬼跟着他。夏侯弘害怕，便躲在路边避让他们。等大鬼走过去了，夏侯弘就捉住一个小鬼问：“这是什么东西？”那小鬼回答说：“杀人就用这种矛戟(jǐ)。要是被这矛戟刺中心腹，人当场就会死去。”夏侯弘又问：“那有什么方法可以治这种病吗？”小鬼说：“用乌鸡覆盖在患处，可以治愈。”夏侯弘接着问：“你们现在是要去哪里呢？”小鬼回答：“去往荆州、扬州。”

当时江陵一带正流行心腹病，患病的人都死去了。夏侯弘便教人们用乌鸡覆盖在心腹上，十之八九都能治好。如今治疗突发的心腹病也是用乌鸡覆盖在患处，大概就是夏侯弘传下来的吧。

搜神记
卷三

钟离意修孔庙

汉朝永平年间，会稽人钟离意，字子阿，担任鲁国国相一职。

他上任以后，自己出了一万三千文钱，让户曹孔䜣翻修孔夫子的车。他亲自进入孔庙，擦拭孔子用过的案几、座席、剑、鞋子。有个叫张伯的男子在堂下除草时，从土里挖出来七枚玉璧，张伯私藏了一块，把其余六块给了钟离意。钟离意让主簿把玉璧安置在案几前。

孔子教授学生的堂下的床头挂着一只瓮，钟离意问孔䜣说："这是什么瓮？"孔䜣答："这是孔夫子的瓮。里面有一封丹书，没人敢把它打开。"钟离意说："孔夫子，是圣人。他之所以把这个瓮留在这里，就是要给后人看呢。"

于是，他就把瓮打开，取出了里面的丹书，上面写着："后世编修我的书的是董仲舒。翻修我的车的、替我擦拭鞋子的、打开我的瓮的是会稽人钟离意。玉璧共有七枚，张伯私藏了一枚。"

钟离意便唤来张伯问："玉璧有七枚，你为什么要私藏一枚？"张伯磕头谢罪，把私藏的那枚交了出来。

段翳（yì）的书信

段翳字元章，是广汉新都郡人，研习《易经》，可以通过风来预测吉凶。

有个学生跟着段翳学了几年法术，自以为学会了要术，便告别段翳回到了家乡。段翳给他制了药膏，并将一张字条封在竹筒里，告诉学生说："遇到紧急情况，可以打开来看看。"

这学生到了葭萌县，与官吏争着渡河，官吏打破了他随从的头。学生打开竹筒看那字条，字条上写着："在葭萌县与官吏争斗，被打破头的人，用这药膏包扎即可。"

学生按他说的给伤者包扎，受伤的人立马就好了。

臧仲英与许季山

右扶风臧仲英，任侍御史。

家里人将做好的饭放在桌子上，就会有不干净的尘土掉进饭里，弄脏食物。做饭快要熟的时候，却不知道锅到哪里去了。兵器弓箭会自己行走。火从竹箱里烧起来，里面的衣物都烧光了，但竹箱却没事。一天早晨，家里的女主人与婢女们的镜子，全都消失不见了。过了几天，镜子又被人从堂屋里扔到院子中，还听见有人说：“还你们镜子。”他孙女才三四岁，忽然就不见了，大家到处找都找不到，过了两三天，却发现孩子在厕所中的粪坑里啼哭。像这样的事情不一而足。

汝南郡的许季山向来擅长占卜，他为臧仲英占卜说：“你家中有只老黑狗，它与家里的侍者益喜一起干了这些事。你要真想杜绝这样的事情，只要杀了这只老黑狗，然后将益喜遣散回家就好了。”

臧仲英听了他的建议，后来再也没出现什么怪事。之后臧仲英改任太尉长史，又升迁为鲁国国相。

乔玄家怪事

太尉乔玄，字公祖，是梁国人。

起初，他只是司徒长史。五月末的一天，他在中门睡下。后半夜，他看见东面的墙壁一片白光，如同打开门一般明亮。他喊来身边的人，身边的人都说没看见。然后他又起身亲手去摸那墙壁，那墙壁又变成了原来的模样。等到回到床上，又看见那白光了，他心里很害怕。

乔玄的朋友应劭正好去看望他，他就把这事的始末都告诉了应劭。应劭说：“我同乡有个叫董彦兴的人，就是许季山的外孙。他能占卜幽深莫测、变化无穷的事情，就算是眭孟和京房也比不上他。只是他天性褊狭，以占卜为耻。他正好来拜访他的老师王叔茂，我去把他请过来吧。”

一会儿，董彦兴与应劭一同来了。乔玄恭敬地行礼，用丰盛的酒食来招待董彦兴，并亲自走下座席为他敬酒。

董彦兴说：“我只是个学问浅陋的学生，没有什么特别的能力。您待我礼数周详，说尽了好话，让我心里很是不安。我只会占卜，愿意为您效劳。”乔玄再三辞让，最终听了他的话。他说：“您遇见的怪事，应该是看到了像打开门一样发出白光的墙壁，这并没有什么害处。六月上旬，鸡报晓时，如果听见南边人家有哭声，那就是吉利的事。等到秋天，您在北方得到升迁，管辖的郡县会带有‘金’字。您最终会做到上将军，位至三公。”乔玄说：“像这样的怪事，我自救都来不及，哪里还敢期望有什么好事发生呢？你这么说，怕只是在宽慰我吧。”

等到六月九日，天还没亮，太尉杨秉突然死了。七月七日，乔玄升迁为钜鹿太守，而“钜”字的偏旁就是“金”。后来，他又官拜“度辽将军”，多次登上三公之位。

管辂(lù)谈精怪

管辂字公明，是平原人，擅长用《易经》占卜。

安平郡太守王基是东莱人，字伯舆，家中发生了好几次怪事，便请管辂为他占卜。有了卦象，管辂说：“您的卦象里，有个卑贱的妇女生了一个男孩，这男孩刚落地就跑，掉到灶里死了。此外，床上有一条大蛇衔着一支笔，大人小孩都来看，这蛇一会儿就走了。还有一只乌鸦飞进家里来，与家燕争斗，家燕死了，乌鸦才飞走。有这样三种卦象。”

王基震惊地说：“您的卦已经精确到这种地步了，希望您能为我占卜一下这三个卦象的吉凶。”管辂说：“不会有什么灾祸，只是你的宅子已经有些年头了，汇聚了一些魑魅魍魉(chī mèi wǎng liǎng)在此作怪。那个生下来就能走的孩子，并不是自己能走，而是火妖宋无忌将他拖进灶里的。那条衔着笔的大蛇，只是老书佐罢了。而与家燕争斗的乌鸦，只不过是个值班的老卒罢了。您精气纯正，一般妖怪是不能加害您的。世间万物变幻，道法是不能够阻止的。年岁久远的精怪，注定会干这些事情。我从今天卦里呈现的卦象中，并不能看出来它有什么凶兆，所以这些怪事只是精怪的一种假托，而不是什么灾祸的象征，您可以不必放在心上。

“过去殷高宗的鼎不是野鸡打鸣的地方，太戊宫殿前的台阶也不是桑穀(gǔ)应该生长的地方。然而野鸡一打鸣，武丁就变成了殷高宗；桑榖长在了台阶下，太戊由此便兴盛了。我们怎么知道这三件事就一定是不祥之兆呢？但愿府君您安身养德，行为举止都正直光大，不要因为这些事情而玷污您纯真的本性。”

王基后来也没遇见其他怪事，升迁为安南督军。

后来，管辂的同乡刘原问管辂说：“您以前曾给府君王基占卜家中精怪时说：‘老书佐是蛇，值班老卒是乌鸦。’这两位本来都是人，怎么会变为卑贱的东西呢？这是你从爻(yáo)卦中占卜得来的结果，还是只是你自己臆想的呢？”

管辂说：“如果不是本性和天道如此，我怎敢任由自己的臆想而违背爻卦的卦象呢？世间万物变化，都没有固定的形象。人的变化，自然也没有固定的样子。有的是大的变成小的，有的是小的变成大的，本就没有优劣之分。万物相互转变，一律遵循道法。夏鲧(gǔn)是天子的父亲，赵王如意是汉高祖的儿子，而夏鲧变成了一头黄熊，如意变成了一条苍狗。他们都是位高权重的人，却也变成了禽兽之类的东西。况且蛇是和龙有关的，乌鸦是在太阳里栖身的精灵，这是如同黑夜里的光明、白昼下闪耀着光彩的正常现象。像书佐、老卒这样的人，各自凭借着卑微的身躯化成蛇和乌鸦，不也能说得过去吗？”

颜超改寿

管辂来到平原郡，见颜超的脸色预示着即将夭亡。颜超的父亲便请求管辂为颜超续命。

管辂说："你回家去，找一斤清酒，一斤鹿肉。等到卯日，在割过麦子的田地南边的大桑树下，会有两个人在那里下围棋。你只管给他们倒酒送肉，酒喝完了你就为他添，添完为止。他们要是问你话，你只要跪下来拜他们，不要多说什么，一定会有人救你的。"

颜超听了他的话去那棵桑树下，果然看见有两个人在那里下棋。颜超便为二人送肉斟酒。那两人只顾着下棋，也不看颜超一眼就喝酒吃肉。酒过数巡，坐在北边座位的人忽然看见颜超在这里，便叱问他："你为什么在这里？"颜超只是跪拜他们没有说话。

坐在南边的人说："刚才我们还喝了他的酒，吃了他的肉，怎么可以不讲情义呢？"坐在北面的人说："文书上已经写得明明白白了。"坐在南边的人又说："借你的文书过来看看。"文书上写着颜超只有十九年阳寿，于是那人就拿笔把九勾到十上面，说："我救你活到九十岁吧。"颜超拜谢之后回了家。

管辂告诉颜超，说："这真是帮了你大忙了，恭喜你能够增寿。北面坐的那个人是北斗星君，南边坐的那个人是南斗星君。南斗星君安排人的出生，北斗星君安排人的死亡。凡人投生，都是要经过南斗星君和北斗星君的。所有的关于寿命上的祈求都应该向北斗星君祈求。”

管辂治病

信都县县令家的女眷们都很是惊恐，一个接着一个病倒。县令便请求管辂为他家占卜。

管辂说：“您宅子北面堂屋西面的墙下埋着两个死了的男子：一个拿着长矛，一个拿着弓箭。他们的头在墙壁里面，而脚在墙壁的外面。拿着长矛的男子就专门刺人的头，所以妇女们都觉得头又重又疼，几乎抬不起头。拿弓箭的男子专门射妇女的胸腹，所以大家都觉得胸口又闷又疼，疼得吃不下饭。这两人白天就四处游荡，晚上就使人生病，所以才造成现在的恐慌。”

于是，县令便命人在家中掘地八尺，果然挖到两口棺材：一口棺材里有一根长矛，另一口里面有角弓和箭。箭年代久远，木头都已经烂掉了，只留下铁和兽角是完好的。

他们便将这两口棺材中的骸骨迁移到城外二十里的地方埋了，从此家里的女眷都不再生病了。

管辂算卦

利漕县居民郭恩，字义博，家有兄弟三人，都得了瘸腿的病。他们请管辂占卜缘由。

管辂说："卦中有一座你家的坟墓，坟里面有一个女鬼，不是你的伯母就是你的叔母。过去闹饥荒的时候，有个贪图她几升米的人，把她推入井中。她嘴里啧啧有声，然后那人将一块石头推进井中，砸破了她的头。这孤魂含冤痛哭，向天帝告发了那人。"

淳(chún)于智治鼠

淳于智，字叔平，是济北卢县人。他性情深沉，为人义气。他年轻的时候是个书生，能用《易经》占卜，会符咒制胜的法术。

高平郡的刘柔夜里睡觉的时候被老鼠咬伤了左手的中指，他为此深感厌恶。他将这件事告诉了淳于智，淳于智为他占卜说："老鼠本来是想杀了你的，但是没能成功，我为你想办法杀死它。"

于是，淳于智就用朱砂在他的手腕横纹后三寸的地方画了个“田”字，大约有一寸二分大小，让他晚上露出手来睡觉。后来，果然有只大老鼠死在他旁边。

淳于智卜居

上党郡的鲍瑗(yuàn)家中总是有人生病、有人死去，很是贫苦。

淳于智为他占卜说：“你家的住宅很不吉利，才使你遭遇这样的不幸。你家房屋的东北方向有一棵大桑树。你直接到集市上去，进集市大门几十步的地方会有个人在那里卖新鞭子，你就把那鞭子买回来，挂在这棵大桑树上。三年之内，你一定会暴富的。”

鲍瑗听了他的话便去了集市，果然买得一根马鞭，把它挂在桑树上。

三年后，他在疏浚井的时候，得到了几十万钱，还有两万多件铜器、铁器。从此他家业兴隆，生活彻底转变，家中的病人也痊愈了。

淳于智占卜避祸

谯（qiáo）县人夏侯藻的母亲病得很重，他准备去请淳于智为他占卜，忽然遇见一只狐狸在他家门前嚎叫。

夏侯藻大吃一惊，于是就赶忙跑到淳于智那里。淳于智说："你这灾祸很紧急呀。你现在赶紧回去，在狐狸嚎叫的地方，拍胸大哭，让你的家人都觉得奇怪，把大人小孩都吸引出来。有一人不出来，你就不要停止。这样才能勉强躲避这个灾祸。"

夏侯藻回家后就按着淳于智说的做了，连他生病的老母亲都走了出来。等到家人都出来后，他家的五间房子忽然就倒塌了。

淳于智占卜治病

护军张劭（shào）的母亲病得很重。

淳于智为他占卜后，让他去西面的集市买一只猕猴，将猕猴系在他母亲的手臂上，然后让人在一旁用力击打猕猴，使它一直发出叫声，三天后可以将这猕猴放走。

张劭根据他说的做了，那猕猴一出门就被狗咬死了。他母亲的病从此痊愈了。

郭璞(pú)撒豆成兵

郭璞，字景纯。他路过庐江郡的时候，劝太守胡孟康赶紧渡江到南边去。胡孟康不听，郭璞便仓促收拾行李准备离开。他喜欢胡孟康的一个婢女，没有办法得到，于是就取出三斗小赤豆，绕着胡孟康的宅院撒开。

胡孟康早上起床后，看见有几千个穿红衣服的人将他家围了起来，凑近去看，这些红衣人就不见了。胡孟康深感厌恶，便请郭璞为他占卜。郭璞说：“你家不适合养着这个婢女，可以在东南方二十里的地方把她卖了，千万不要与买主讲价，那么这些妖怪就可以消除了。”

郭璞暗中派人用低价买了这个婢女，又画了一张符扔进井中，这几千个红衣人便一一跳进了井中。胡孟康很高兴。郭璞带着婢女离开了。几个月后，庐江郡就沦陷了。

郭璞救马

赵固的马忽然死了，他心里觉得很悲伤惋惜，就把这件事告诉了郭璞。

郭璞说："你可以派几十个人拿着竹竿，向东走三十里，到了有山林树木的地方，就让他们拿竹竿用力敲打树木。到时候一定会有一只怪物跑出来，把那怪物带回来就好了。"

于是，赵固就按照他说的去做，果然抓住了一只长得像猿猴的怪物。大家把这怪物抓回来，那怪物刚进门，一看见死马就朝死马跑过去，对着死马的鼻子呼气吹气。一会儿，马就能站起来，精神振奋，奔跑迅速，饮食也像往常一样，只是那只怪物不见了。

赵固觉得郭璞真的很神奇，就加倍赏赐了他许多财物。

郭璞断病

扬州别驾顾球的姐姐，十岁开始生病，一直病到她五十多岁。他请求郭璞为她占卜，得到了"大过"转"升"的卦象。

卦辞上说："'大过'是不好的卦象。卦象中显示荒冢上的枯杨不开花，震动游魂惊扰了龙车使其出现，身缠重病还遭遇妖邪。这些都是因为断了祭祀还斩杀了灵蛇，并不是你自己的过错而是先人的过失。这是卦象上显示的，可是还能有什么办法呢？"

顾球就去考察家族过往发生的事，发现先辈曾经在砍伐大树时捉到一条大蛇，并把蛇杀了，女眷便生病了。生病后，有几千只鸟在屋顶上翻飞回旋。人们都感到很奇怪，却不知道其中的缘故。有个本县的农民路过这房子旁边时，抬头看见有龙拉着车，五彩斑斓。那车子非常大，只是转眼就不见了。

郭璞招引白牛

义兴县方叔保感染伤寒，快要死了，请郭璞为他占卜。卦象不吉利，郭璞让他找一头白牛来化解这病。方叔保四处找牛都找不到，只有羊子玄有一头白牛，但他不愿意借给方叔保。

郭璞为他施法，当天就有一头大白牛从西边跑过来，直接跑到方叔保家里。方叔保受到惊吓，病很快便痊愈了。

费孝先神卦

西川费孝先擅长占卜，举世闻名。有个大若人叫王旻（mín），因为经商而来到成都，请求费孝先为他算卦。费孝先说：“让你停下你别停下，让你洗澡你别洗澡。一石稻谷出三斗米，遇见聪明人你就能活下来，遇见愚昧的人你就会死。”费孝先多次告诫他，只要背下这几句话就够了。王旻记下了。

等到王旻上路，途遇大雨，他到路边一间屋子里休息。躲雨的路人挤满了屋子，王旻就想：让我停下别停下，难道就是指这件事吗？于是他就冒雨上路。一会儿，房子就倒塌了，只有他一人幸免于难。

王旻的妻子与邻居私通，想要结为终身伴侣，准备等王旻回来，将他害死。王旻回来后，他妻子与姘夫约定说：“今晚洗澡的就是我丈夫。”天快黑时，妻子催促王旻洗澡，给他准备了新浴巾。王旻心想：让我洗澡别洗澡，难道是这件事？于是他坚决不洗澡。妻子生气了，也没想自己跟姘夫的约定就去洗澡了，当天晚上反而遇害。

天亮后，王旻发现妻子被人杀死了，吓得大叫起来，邻居们都跑来看，大家都不知道这件事情的缘由。后来，王旻就被抓起来问话。王旻被抓后没办法自证清白。郡守录了供词，王旻哭着说：“死就死吧，只是费孝先当初说的话最终还是没能应验。”身边的人将他的话传达给郡守，郡守下令先不要给王旻执行死刑。郡守问：“你的邻居是什么人啊？”王旻回答：“是康七。”郡守便派人将康七抓了起来。“杀死你妻子的一定就是这个康七。”后来康七果然认了罪。郡守对下属说：“一石稻谷只出三斗米，不就还剩七斗糠嘛。”

王旻的沉冤由此得雪，真是应了遇到聪明人就能活下来的预言。

隗炤的黄金

（wěi zhào）

隗炤是汝阴县鸿寿亭人，精通《易经》。隗炤临终前，在木板上写遗书，给他妻子说：“我死后，会遇到很严重的饥荒。就算是这样，你也不要将这个宅子卖掉。过五年后的春天，会有朝廷的使者来鸿寿亭借住。这人姓龚，曾欠我金子，你带着这木板去跟他讨钱。你可千万不要违背了我的话啊。”

隗炤死后，妻子果然遭遇了饥荒，几次三番想要卖房子，可是每每想到丈夫的遗言就打消了这个念头。等到了隗炤提到的日子，果然有位龚姓使者来鸿寿亭借住。妻子便拿着木板去找他讨账。

使者拿着这块木板，不明白隗炤妻子的话，他说：“我平生从不欠别人钱，这究竟是怎么回事呢？”隗炤妻子回答：“我丈夫临死时亲手写在这木板上告诉我的，我万万不敢胡说八道的。”

使者沉思了很久才想明白，便命人拿蓍(shī)草来占卜这件事。卦成，使者拍着手称赞道：“妙啊，好个隗炤，明明很聪明还刻意隐藏自己的踪迹，让世人对你一无所知，真是个能通晓穷达之理、洞察吉凶祸福的人啊。”

于是他告诉隗炤妻子说：“我不欠你黄金，你那贤明的丈夫本来就有黄金。他知道他死后，你会遇到短暂的穷困，所以才把黄金藏起来等待太平日子的到来。之所以不告诉你，是怕黄金有数而穷困无穷啊。他知道我擅长占卜，才故意写了这块木板给我。黄金有五百斤，都用青色陶罐装着，用铜盘盖着，埋在堂屋的东头，离墙壁有一丈远，入土有九尺深。”

隗炤妻子去挖掘，果然挖到了黄金，一切都和占卜的结果一模一样。

韩友驱邪

韩友，字景先，是庐江舒县人。韩友擅长卜卦，也会京房的厌胜之术。

刘世则的女儿被鬼魅缠扰,卧病多年。巫医为她治病祷告,在旧城荒冢间搜捕,抓到几十只狐狸、扬子鳄,但她的病还是不见好。

韩友为她占卜,命人用布做了个袋子,等到这姑娘发病时,就张开布袋的口对着窗户。韩友关上门运气,好像在驱赶什么东西似的。一会儿就见到这个布袋鼓了起来,像被吹满了气一样。但因为布袋被撑破了,没能成功。

姑娘病得还是很厉害。韩友就又做了两个皮袋套着用,像之前一样张着口挂在窗户上,皮袋立马胀大了,韩友立刻扎紧了皮袋口,把袋子挂在树上。过了二十几天,这袋子渐渐变小了,人们打开来一看,里面只有两斤狐狸毛。

刘世则女儿的病也慢慢好了。

严卿除灾祸

会稽郡的严卿擅长占卜术。

同乡魏序准备到东边去,但因为荒年,路上多有盗贼出没,便让严卿为他占卜。严卿说:“你万万不可东行,不然你肯定会有灾祸的，但不是抢劫。”魏序不信。严卿说：“你要是一定要去，应该找一些禳除灾祸的办法。你可以到西郭外一个独居的妇人家里求一只白毛公狗，把它绑在你的船头。”

魏序去找狗，只找到一只杂毛狗，没有白狗。严卿说：“杂毛狗也行，可惜它的毛色不纯，应该会留下一些小的灾祸，不过也只会危害六畜，你不用担心。”

魏序走到半路，狗忽然狂吠起来，情况很紧急的样子，像有人打它一样。再去看狗的时候，狗已经死了，还吐了一斗多的黑血。当天晚上，魏序家的好几只白鹅都无缘无故死去了，但他家人安然无恙。

华佗疗疮

沛国华佗，字元化，又名华旉(fū)。

琅琊郡刘勋担任河内郡太守，家中有个女儿，年近二十。这女孩苦于左腿膝盖上有个疮，只痒不痛，疮口愈合几十天后又会复发，像这样子已经有七八年了。太守便请华佗来为女儿看病。

华佗说：“这很容易治好，要准备稻糠，一只黄狗，两匹好马。”华佗用绳子系在狗脖子上，让马拉着狗跑，一匹马累了就换另一匹马。马大概跑三十里地，狗就跑不动了，然后命人步行拖着狗走，大概又走了五十里。

华佗给女孩喂了药，女孩便安睡不省人事了，接着就取出大刀划开狗肚子靠近后腿的前面位置，拿划开的口子对准女孩的疮口，在距离疮口两三寸的地方停留了一会儿，就有一条像蛇一样的东西从疮口里探出头来。华佗用铁锥刺穿了蛇头，蛇在女孩皮肤下蠕动了很久，然后就不动了。华佗把蛇拉了出来，足足有三尺长，完全就是一条蛇的样子，但是只有眼眶没有眼珠子，鳞片也是倒着长的。

华佗将药粉撒在疮口上，七天后这女孩的疮口就愈合了。

华 佗 治 喉

华佗曾在路上走着，遇见一个人的咽喉得了病，想吃东西却咽不下去。家里人用车载着他，准备去求医。

华佗听到他的呻吟声，就停下车子去看，对他说：“你们刚才过来的路上，有个卖饼的人那里有蒜泥和醋，你从他那里买三升喝下去，你的病自然就好了。”

那人按华佗的话做了，当即吐出一条蛇来。

搜神记

卷四

风伯雨师

风伯和雨师都是天上的星宿。风伯是箕(jī)星，雨师是毕星。

郑玄说：司中和司命分别是文昌星中的第五星和第四星。雨师，一个名字叫屏翳(yì)，一个名字叫号屏，还有一个名字叫玄冥。

张宽知星宿

蜀郡的张宽，字叔文，在汉武帝时期担任侍中。

他跟随汉武帝祭甘泉山时到过渭桥，遇见一女子在渭水中沐浴，那女子的乳房竟有七尺长。汉武帝觉得奇怪，便派人前去询问。女子回答说："陛下后面第七辆车子中的人知道我是从哪里来的。"

当时，张宽就在第七辆马车中，回答说："这女子是天上的星宿，主要掌管祭祀。如果祭祀时斋戒不洁，这位女星便会出现。"

太公望挡神女

周文王让太公望担任灌坛县令，他在任一年，县里风调雨顺。

周文王梦见一位妇人，长得非常漂亮，在路上哭泣。问她为什么哭，她说："我本是泰山神的女儿，嫁给东海龙王为妻，本要出嫁，但灌坛县令当政极有德行，我过不去。我要是从灌坛路过，肯定会有暴风骤雨。有了暴风骤雨，势必会毁坏他的德政。"

周文王醒后，召来太公望问这事。那天确实有疾风骤雨，不过只是从灌坛城外经过。于是，周文王便任命太公望做大司马。

胡母班送信

胡母班，字季友，是泰山人。

他曾路过泰山下，忽然在树林间遇见一个穿着绛红色衣服的骑兵对他喊："泰山府君召见你。"胡母班惊愕，犹豫着没敢回应。一会儿，又出现一个骑兵召唤他，于是他就跟着他们走了几十步。骑兵请他暂闭双眼。

一会儿，他就看到了威严的宫殿。胡母班进入殿内拜谒，泰山府君为他准备了酒宴，对他说："我想见你，没别的事情，只是想让你带封家书给我的女婿。"胡母班问："您女儿在哪里呢？"泰山府君回答说："我女儿是河伯的妻子。"胡母班又说："我马上就去送信,但不知怎样才能送到呢？"泰山府君说："你乘船到黄河中间，一边敲船一边呼唤'青衣'，到时候自然有人过来取信。"

胡母班告别泰山府君，出了宫殿。之前的骑兵又让他闭上双眼，不一会儿，他就回到原来的道路上了。他向西行走，照着泰山府君的话呼唤"青衣"。

一会儿，果然有个婢女从水里出来，取了家书后便又消失于水中。片刻之后，她又出来说："河伯想见您。"婢女也请胡母班闭上双眼，带其入河伯府。于是胡母班拜见了河伯。

河伯为他准备了丰盛的酒食，言语恳切而热情。胡母班临行时，他对胡母班说："感谢你千里迢迢来为我送家书，我无以为报。"然后对身边的人说："把我的青丝鞋拿来。"他把青丝鞋赠送给了胡母班。胡母班出来后，闭上眼忽然又回到了原来的船上。

胡母班到长安一年后才返回。路过泰山脚下的时候，他不敢悄悄经过，于是就拍打树木自报姓名，说是从长安回来了，有事情想回禀泰山府君。片刻后，之前的那个骑兵出现了，带着胡母班像过去那样进了宫殿。胡母班叙述了送信的经过，泰山府君说："我会另外报答你的。"

谈话完毕，胡母班如厕的时候，忽然看见自己的父亲戴着刑具正在服役，跟他旁边的几百个人一样。胡母班上前跪拜父亲，流着泪问："您怎么会落得如此地步？"父亲说："我死后遭逢不幸，被罚劳役三年。如今已经有两年了，痛苦得难以忍受。我知道你现在被泰山府君赏识，希望你能为我求情，免除这劳役之苦，让我回到乡里做个小小的土地神就好。"

胡母班依照父亲的话，向泰山府君磕头求情。府君说："生死异路，本来就不能相互接近，我不会可怜他的。"胡母班再三恳求，府君才应允。胡母班告别泰山府君后回家了。

一年多后，胡母班的儿子几乎死光了。胡母班惶恐，又来叩树求见泰山府君。昔日的骑兵带着他去见府君。胡母班说："过去我言辞粗疏，考虑不周，等我回家后，我的孩子都快死光了。如今恐怕这祸事还没完，所以前来禀报，希望您能怜悯我，救救我。"府君拍手大笑，说："这就是我当初跟你说的'生死异路，不可以相互靠近'的缘故啊。"于是，府君召来了胡母班的父亲。

他父亲即刻便来到庭中，府君问他："过去你请求回到家乡做个土地神，本应该为你的子孙后代谋福的，如今你的孙子都快死光了，这是为什么呢？"胡母班父亲回答说："我久别故乡，很开心自己能够回去，过着酒食丰沛的日子，实在是想念我的各个孙子，于是就把他们召来陪我。"

于是，泰山府君便派人取代了胡母班的父亲。他父亲哭着离开了。胡母班便回了家。后来他又有了孩子，都安然无恙。

冯 夷 任 河 伯

宋国时，弘农郡的冯夷，住在华阴县潼乡河岸边。八月上旬庚日，冯夷渡河时溺死了。天帝便任命他为河伯。

此外，《五行书》上说："河伯死于庚辰日，这天不宜坐船远行，不然会被淹死而不能回来。"

河 伯 招 女 婿

吴地余杭县南面有个上湖，湖中央筑有堤岸。有一人骑马去看戏，带着三四个随从到岑村去喝酒，喝得小醉。傍晚返回时，天气炎热，这人便下马到水里枕着一块石头睡觉。马挣断缰绳自己跑回家了，随从们都去追马，等到天黑了也没回来。

这人醒来，天已经晚了，不见随从和马，只见一名女子走了过来，十六七岁的样子。那女子说：“小女子有礼了，现在天色已晚，这一带很可怕，您有什么打算吗？”那人便问：“姑娘姓什么？怎么会忽然与我相遇？”接着又来了一位少年，年纪十三四岁，十分聪明的样子。他坐着崭新的车子，车后还跟着二十个随从。他招呼他们上车，说：“我父亲想要见你。”然后就拉上他们掉头往回走。

路上车马络绎不绝，火把照亮了城郭里的百姓。等他们进了城，进了府厅，这人看见一面幡旗，上面写着“河伯信”。一会儿又看见一个人，年纪三十多岁，面色如画，身边侍卫很多。他们相谈甚欢，便命人备酒款待他，笑着说：“我家小女，很是聪明伶俐，想嫁给你做妻子。”他知道对面坐的是河伯神，不敢拒绝。于是河伯便命人准备喜事，按照郎中婚礼的礼仪来举办。管事的人回禀一切都准备好了，就拿来了丝绸单衣、纱帽、纱裙、纱衫裤、鞋子，样样精美非凡。又送给他十个小吏、几十个婢女。河伯女儿年龄十八九岁，姿容婉媚，于是他们就成了亲。

第三天，大宴宾客，行拜见岳父岳母的礼仪。第四天，河伯说：“婚礼总是有期限的，现在送你回家吧。”他妻子便把金瓯和麝香囊送给他，哭着与他告别。另外还给了他十万钱和三卷药方，对他说：“你可以用这些施功布德。”还说：“十年之后就来接你。”

这人回家之后便不肯再与他人成亲，辞别亲人，出家做了道士。他所得的三卷药方，一卷是脉经，一卷是汤方，一卷是丸方。他在四周行医救治百姓，都很灵验。后来他母亲老死，兄长也故去了，他就回到河伯那里与妻子团聚，并在河伯手下做了官。

郑 容 送 信

秦始皇三十六年，使者郑容从关东过来，进入函谷关。西行到华阴时，看见有白车白马从华山上下来。他疑心这不是凡人，便在路边停下等待他们。

这车马到了跟前，问郑容说：“你要到哪里去？”郑容回道：“去咸阳。”车上人说：“我是华山神君的使者，想托付你一封信，送给镐(hào)池君。你去咸阳，经过镐池的时候，见到一棵大梓树，树下有一块带花纹的石头。你拿这石头敲打梓树，自然会有人来，你就把信交给他。”

郑容依照他的话，用石头敲打梓树，果然有人来取信。

第二年，秦始皇便死了。

张璞投女下河

张璞，字公直，不知道是什么地方的人，任吴郡太守。

朝廷征召他回京，路过庐山。他女儿到庐山的神庙里去玩，婢女指着庙里的神像开玩笑说："就让他娶你好了。"当天夜里，张璞的妻子梦见庐山君送来聘礼，说："我儿不肖，感谢您能选他做您的女婿，我备了薄礼来表达我的心意。"张璞妻子醒来，觉得这件事很奇怪，婢女就把白天的事情告诉她了。妻子感到很害怕，催促张璞赶紧上路。

船行至江中就不动了，满船的人都很害怕，于是纷纷把东西扔进水里去，但船还是不动。有人说："把您女儿投进水里，船就能动了。"大家都附和说："神的旨意已经很明确了。怎么能为了一个女子而使一族灭门呢？"张璞说："我不忍心看到这个场面。"说完就自己钻进船上的阁楼里独自躺下，让他的妻子把女儿沉进水里去。

他妻子便用张璞死去兄长的女儿代替了自己的女儿。在江面上放了一张席子，让女孩坐上去，这样船才能行驶。张璞出来发现自己的女儿还在船上，气愤地说："我还有什么颜面活在这世上。"于是又把自己的女儿投进水里去。

等他们过了江，远远地便看见两个女孩在岸边站着。有个官吏站在一旁说："我是庐山君的主簿。庐山君感谢您，他自知鬼神与凡人是不能结亲的，又敬服于您的信义，所以把两个女孩都送还给您。”

之后问这两个女孩，她们都说：“只是看到了很好看的房子，还有官吏、小兵，并不觉得是在水里面。”

曹著娶神女

建康小吏曹著，被庐山神君的使者接了过去，将其女婉儿嫁给他为妻。曹著在那里，身体和精神都受到莫大的煎熬，几次三番请求离开。

婉儿潸然落泪，赋诗与他送别，还赠送他织成的衫裤。

鲤鱼送书刀

宫亭湖边有座孤石庙，曾有位商人准备到城里去时，从庙下路过，遇见两位女子对他说：“请您为我们买两双丝鞋，我们定会好好报答您的。”

商人到了城里，买了好看的丝鞋，装在箱子里，又给自己买了一把书刀，也装在箱子里。等回到孤石庙，他将箱子和香放在庙里便离开了，但他自己的书刀却忘记取出来了。

等他的船行驶到河中央的时候，忽然有条鲤鱼跳进船舱里来。商人划破鱼肚子，竟从里面取出了自己的书刀。

鲤鱼送簪（zān）

南州有人派遣小吏给孙权进献犀牛角雕刻的簪子。船路过宫亭庙时，小吏到庙中祈求神灵保佑。神忽然对他说：“我想要你的犀牛角簪子。”小吏心里惶恐不敢答应。一会儿，犀牛角簪子已经出现在神像面前了。神又说：“等你到了石头城，我就把簪子还给你。”

小吏没有办法，他自知弄丢簪子是死罪，只能接着赶路。等他快到石头城的时候，忽然出现了一条大鲤鱼，那鱼大约有三尺长，跳进他的船里。他将鱼肚子划开，从里面取回了犀牛角簪子。

山神使者驴鼠

郭璞过了长江，宣城太守殷佑引荐他做了参军。

当时有个怪物，体形有水牛般大小，灰色皮毛，短腿，象脚，胸前和尾巴都是白色的，力气很大但行动迟缓。当其来到宣城城下时，众人都觉得这是怪物。

殷佑命人设伏抓捕这只怪物，又让郭璞为这件事占卜。郭璞占卜，得“遯(dùn)”卦与“蛊”卦，名叫“驴鼠”。

卦刚算完，伏击的人就用戟刺中这怪物，伤口有一尺多深。宣城的纲纪到神祠里请求杀了这只怪物。神祠里的巫祝说：“庙里的神仙对你们的做法深感不悦。这只怪物是宫亭湖畔庐山神君的使者，将要到荆山去，只是暂时路过宣城来拜见一下，你们不要去惊扰它。”

于是怪物离去，人们再也没有见过它。

青洪君的丫鬟

庐陵欧明跟随着商人做生意，路过彭泽湖的时候，总是将船上的东西多多少少丢进湖里一些，说：“就当是我的一点心意吧。”

多年后，他再次路过彭泽湖时，忽然发现湖中央有条大路，路上的景象就和人间的一样。有几个小吏，驾着车马来迎接欧明，说：“青洪君派我们来邀请您。”

一会儿就到了。只见那里有府邸屋舍，门口还有小吏、兵卒。欧明感到很害怕。小吏说：“没什么好怕的，青洪君感念你一向有礼，所以邀请你过来，一定是有贵重的东西要送给你。你什么都别要，只求个‘如愿’就好了。”等欧明见到了青洪君，便求了个“如愿”，青洪君便让如愿跟欧明走了。

如愿本是青洪君的婢女，欧明将她带走后，事事都能如愿，才几年就非常富裕了。

黄石公祠

益州西面，云南东面，有一座神祠，是凿山石建成的庙室。庙里面有个神仙，他自称黄公，人们供奉祭祀他。因此传言，这神仙就是指点张良的黄石公的仙灵。

庙里清净，从不宰杀牲畜。来祈祷的人，只要带一百钱、一双笔、一块墨放在庙里石室中，然后再祈求。先是会听见石室里有响声，一会儿就会有声音问：“来者有什么祈愿？”

等祈愿者说完，里面的人会一一道出吉凶，但从不现形，到现在都是这样。

樊道基与成夫人

永嘉年间，有位神仙现身兖州，自称是樊道基。

有位老妇人，号成夫人。成夫人喜欢音乐，会弹箜篌，只要听见有人弹奏音乐，她便会翩翩起舞。

戴文谋疑神

沛国的戴文谋隐居在阳城山里，有次在堂屋吃饭的时候，忽然听见有神仙说：“我是天帝的使者，想要下凡依附于你，可以吗？”戴文谋听见这话非常震惊。那人又说：“你怀疑我啊。”戴文谋便跪下说：“我生活拮据，恐怕不值得您下凡来依附啊。”

随后，他便洒扫门庭，设立牌位，早晚为这神仙供奉食物，非常虔诚。

后来，他和妻子在房间里悄悄议论此事。妻子说：“这怕是妖怪邪魅来依附你吧。”戴文谋说：“我也有些怀疑。”等他供奉食物的时候，神仙说：“我依附于你，本想对你有些帮助，不料你却有疑心并私下议论我。”

在戴文谋谢罪的时候，他忽然听堂屋内传来几十个人呼喊的声音。他跑出一看，只见一只五彩大鸟，后面跟随着几十只白鸠往东北方向飞去，钻进云里，转眼就不见了。

麋(mí)竺遇火神

麋竺，字子仲，是东海朐(qú)县人。祖祖辈辈经商，家财万贯。

他曾从洛阳回家，在离家几十里的地方，见路边有个漂亮的女子，请求麋竺载她一程。走了二十几里，那女子谢别而去，对麋竺说：“我是天帝的使者，将要去烧东海县麋竺的家，感谢你载我这段路程，所以告诉你此事。”

麋竺便私下里向她求情，女子说：“不可以不烧的。这样吧，你可以赶快回去，我慢慢走，但今天中午一定会着火。”

麋竺便急忙上路回家，到家后，把所有财物都转移出来了。中午，果然燃起了熊熊大火。

阴子方见灶神

汉宣帝时期，南阳郡有个叫阴子方的人，生性纯孝，施恩布德，喜欢祭祀灶神。

腊日早上他做饭的时候，灶神现身了。阴子方再三叩拜庆贺，把家里的一条黄狗也拿来祭祀灶神了。从那以后，他家就很快暴富，有良田七百多顷，车马仆从都比得上地方长官了。阴子方常说：“我的子孙一定会很有作为。”

等到第三代阴识的时候，他家更加繁荣昌盛了。他家有四个人封侯，有几十人做了郡守。因此，他的子孙经常在腊日那天以黄狗祭灶。

蚕 神

吴县张成，晚上起床的时候，忽然看见有位女子站在自家宅子南边的角落里，伸手召唤他说："这是您家的蚕室，而我是这里的神明。明年正月十五，你应该煮白粥，上面浇一些猪油来祭祀我。"后来张成年年养蚕都会有大收获。

如今做猪油粥的习俗就是由此流传下来的。

戴 侯 祠

豫章郡有个姓戴的女子，久病不愈。偶然看见一块长得像人偶模样的石头，戴氏女对它说："你有人的形貌，难道是神仙吗？要是你能治好我长久以来的病，我一定会将你当作神仙供奉。"

当天夜里，戴氏梦见有人在梦中对她说："我会保佑你的。"自此以后，她的病就渐渐痊愈了。

于是她就在山下为这石头人建了座神祠，自己在神祠里做了巫祝。因此，这座神祠叫"戴侯祠"。

刘玘变神仙

（玘：qǐ）

东汉阳羡县县令刘玘曾说："我死后会变成神仙。"

一天夜里，他喝醉了酒，无缘无故就死去了。后来风雨大作，他的棺椁忽然不见了。当天夜里荆山上传来上千人呼喊的声音，百姓们前去观看，发现刘玘的棺椁已经被埋进一座坟里了。

于是，人们便将荆山改名为君山，为他建立神祠来祭祀他。

搜神记
卷五

蒋山祠的由来

蒋子文是广陵人，嗜酒好色，轻佻放荡。他常自言自语说，自己身骨清奇，死后一定会成神仙。

东汉末年，蒋子文担任秣陵县尉，追赶盗贼到了钟山脚下，被盗贼打破了头颅。他解开自己的衣带绑在伤口上，但没过多久还是死了。

等到吴先主孙权即位初，他的老属下在路上遇见了他。他骑着白马，手拿白羽扇，身后跟着随从，一切都和他活着的时候一样。遇见他的人吓得转身就跑，蒋子文在后面追上他，说："我要做这里的土地神了，会为百姓造福的。你可以告诉百姓，为我建立神祠。如若不然，就会有大的灾祸降临。"这年夏天，瘟疫肆虐，百姓人心惶惶，有很多人都偷偷祭祀他。

蒋子文又下传巫祝说："我会大力保佑孙氏天下，你们应该为我建立神祠，不然的话，就会有虫钻进人的耳朵里酿成灾祸。"不久果然有像蚊虻一般大小的虫子出现，钻进人的耳朵里，人就死了，药不能够治好。百姓更加惶恐了，但孙权还是不信。

后来，蒋子文又对巫祝说："如果不祭祀我，不久又会大火成灾。"这一年，火灾到处发生，一天之内能烧几十个地方。火势甚至蔓延到了皇宫。朝廷大臣都认为鬼神要有归宿，才不至于作祟，应该用恰当的办法来抚慰他。

于是，孙权命人追封蒋子文为中都侯，提拔他弟弟蒋子绪为长水校尉，都加赐印章绶带，还为蒋子文建立祠庙，又将钟山改名为蒋山，也就是如今建康（即今南京市）东北面的那座蒋山。从此，灾祸才平息下来。于是百姓对蒋子文更加信奉了。

刘赤父辞官

刘赤父梦见蒋侯想要召他去做主簿，约定的日期迫在眉睫，便赶到蒋山祠去求情。他说：“我母亲年老，孩子年纪尚小，事情来得太突然了，请求放过我这个可怜的人。会稽郡的魏过向来多才多艺，也善于侍奉神仙，请求提拔他来代替我吧。”刘赤父在地上不停磕头，把头磕出了血。

庙祝说：“蒋侯特地提拔你来做事，那魏过是个什么人，还能得到你这样的举荐？”

刘赤父一再恳求，但最终没能成功。不久，刘赤父就死了。

蒋山庙调戏女神

西晋咸宁年间，太常卿韩伯的儿子韩某，会稽郡内史王蕴的儿子王某，光禄大夫刘耽的儿子刘某，一同到蒋山庙游玩。庙里有几个仙女的神像，样貌十分漂亮。这三人喝醉了，便各自指着神像开玩笑，说要与自己相配。

当天夜里，三个人都梦见蒋侯派使者传话说："我家女儿相貌丑陋，承蒙各位垂怜，就定于某日，一同来迎接你们吧。"三个人都觉得这梦不同寻常，便相互试探着问了几句，果然大家都做了这个梦，而且完全一样。三人心里都特别害怕，于是准备了牛、猪、羊到庙里去谢罪，祈求得到蒋侯的原谅。

后来，他们又梦见蒋侯亲自入梦说："各位既然已经说好了要娶小女为妻，我确实也希望你们能在一起的。现在约定的日子很快就要来了，你们怎么能中途反悔呢？"没过多久，这几个人便一同死了。

吴望子与蒋侯

会稽郡鄮(mào)县东郊有名女子，姓吴，字望子。年龄十六岁，姿容可爱。她的乡里有个会击鼓跳舞祝神的人邀请她一同去祝神，望子就去了。

她沿着池塘行走，走到半路，忽然看见一个衣着华贵的人，样貌非常端庄。那人坐着船，船上有十几个船夫，穿戴都非常整齐。贵人命人问望子准备去哪里，望子便一一告诉了他。贵人说："我正好也要去那里，你可以上船来，与我一同去。"望子推辞不敢答应，忽然那船就不见了。

望子来到庙里，拜了神之后，忽然看见了之前船上遇见的贵人，端端正正地坐在那里，就是蒋侯的神像。他问望子说："你怎么来得这么迟？"顺便抛下来两只橘子给望子。

后来蒋侯多次现形与望子相见，两个人的感情越来越好。望子心里想要什么，天上就会掉下什么。有一次，望子想吃鲤鱼，一对新鲜的鲤鱼就随心而至。望子的名声流芳百里，特别灵验，同乡的人都供奉她。

三年后，望子心里忽然有了别人，蒋侯便断绝了与她的来往。

蒋子文助杀虎

陈郡谢玉担任琅琊郡内史，住在京城。当地猛虎为患，咬死了很多人。

有个人用小船载着自己年轻的媳妇，将大刀立在船上，趁着暮色，来到这一带的巡逻点。有个将官说：“这一带的草里有很多污秽的东西，你船上还有家眷，这样草率地出行，实在是不明智。你可以到附近哨所里休息下。”说完，那将官就走了。

他妻子刚上岸就被老虎叼走了，这人拔刀大喊，准备追虎。他之前侍奉过蒋侯，便叫喊着请求蒋侯的帮助。像这样跑了快十里，忽然有个黑衣人出现为他引路。他就跟着这个黑衣人，又跑了二十里，看到一棵大树。树下有个洞穴，几只小老虎听见动静以为是它们的母亲回来了，都爬出洞来。那人就把小老虎都杀死了，然后拔刀躲在大树旁。等了许久，母老虎回来了。老虎放下他妻子，倒着往洞穴里拖，那人立马用刀拦腰将母老虎砍成两段。

老虎死了，但他妻子还活着。到黎明的时候，他的妻子能开口说话了。别人问她，她说：“老虎一抓住我就把我背在背上，到洞口时才放下来。身上没什么伤，只是被草木划破点皮罢了。”那人便扶着妻子回到了船上。

第二天夜里，这人梦见一个人对他说：“是蒋侯让我来帮助你的，你知道吗？”等到了家，他就杀猪来祭祀蒋侯。

丁姑显神迹

淮南郡全椒县有个丁姓的新媳妇，本是丹阳县丁家的女儿，十六岁便嫁进了全椒县的谢家。她婆婆对她非常严苛，安排她的活儿都有规定的时间，要是在规定的时间内没完成，就会抽打她。她难以忍受，于是在九月九日上吊自杀了。

她死后有显灵的事迹在民间流传。她让巫祝对百姓说：“感念嫁作人妇者，日夜劳作不能休息，九月九日这天让她们休息，不必劳作。”

有一回她现形，身穿着淡青色的衣裳，戴着黑色头巾，身后跟着一个婢女，到牛渚津求渡。有两个男子共同撑着一条船在捕鱼，丁姑便呼喊他们请求渡河。那两个男子就笑着一同调戏她说：“你要是做我的媳妇，我就带你过河。”她说：“本以为你们是好人，却不想你们如此无知。你们要是人，我就让你们陷进污泥里死去；你们要是鬼，我就让你们淹死。”然后就钻进了草丛里。

过了一会儿，一个老人摇着船过来了，船上装满了芦苇，她便请求他带自己过河。老人说：“我的船上连船篷都没有，怎么能让你们晒着太阳过河呢？恐怕不适合载你们呢。”丁姑说：“不怕晒。”老人便卸下船上一半芦苇，将她们安排坐在船中，带她们过河。等到了对岸，临行前，她对老人说：“我是鬼神，并不是凡人。本来是可以自己过河的，但希望民间能略微知道一些我的神迹。您这么厚道，卸下芦苇载我们渡河，我深感愧疚，理当报答您的。如若您赶快回去，一定会看到些什么，也会有所收获。”老人说：“恐照顾不周，哪里还期望什么报答呢。”

老人划船回对岸，发现两个男子淹死在水里。又往前行了几里，看见几千条鱼儿在水边跳跃，被风吹到了岸上。于是老人便把芦苇丢了，载了满船的鱼儿回去。

于是，丁姑回到自己的老家丹阳，江南人都叫她“丁姑”。九月九日这天，妇女不用劳作，都当作休息日来度过。到如今，仍有人祭祀丁姑。

王祐病危获救

散骑侍郎王祐身患重病，与母亲辞别。话刚说完，就听到有人通报说来客人了："某某郡某某乡的某某人，曾做过别驾。"王祐也曾听说过他的名号。

一会儿，客人忽然就到了，说："我与你都是读书人，有着天然的情分，又是同乡，感情便更加相合了。今年，国家会有大事发生，派出三位将军到各处征兵。我们这十几个人是赵公明府上的参佐，仓促来此，见你家高门大屋，所以特来投奔你。与你性情相投，没什么不能说的。"

王祐知道他们是鬼神，便说："我不幸身染重病，命在旦夕。能遇见你，就把我的性命托付给您了。"那个人回答说："人生来就有死亡，这是自然而然的事。死者与他活着时候的高低贵贱并没有关系。我如今受命领兵三千，想找你来任文职，像这样难得的职位，你不应该推辞的。"王祐说："我母亲年事已高，我也没有兄弟，一旦我死了，我母亲便无人奉养了。"然后他就哭了起来，无法控制自己的情绪。那个人也难过地说："你官居常伯，家里却没什么钱财。之前我听到你跟你母亲的谈话，言辞哀苦。但你是国家栋梁，怎么可以这样就轻易死去呢？我会尽力帮你的。"于是，便起身离开了。

第二天，这人又来了。王祐说："你曾许诺要使我活下去，你真的会给我这样的恩德吗？"那人回答说："我已经答应过你，难道还会欺骗你吗？"王祐看见他带着几百个随从，都身长两尺有余，穿着黑色的军服，上面用红油做了标志。

王祐家中击鼓祈祷祭祀，鬼神们都踩着鼓点跳起舞来，他们挥舞的衣袖发出“飒飒”的声响。王祐想要为他准备酒宴，那人推辞说：“不必了。”于是又起身离开了。

那人对王祐说：“你的病在身体里，像火烧一样，应该用水来化解。”于是就拿来一杯水，掀开被子浇了进去。又说：“我给你留了十几支红笔，都放在你的垫子底下了，可以送人，让他们当簪子用。这样可保人出入平安，去灾避祸，万事无忧。”那人接着说：“王甲和李乙，我都给过他们。”说着，就握着王祐的手与他告别。

当时王祐安静地睡着了，睡到半夜忽然惊醒，便喊来身边的人，让他们掀开自己的被子，说：“神仙用水浇我，被子肯定湿掉了。”身边的人掀开被子一看，果然有水，但是这水在上面被子的下面，在下面被子的上面，就像荷叶上的露珠一样漂浮着。量了一下，共有三升七合。这时候他的病已经好了三分之二了。过了几天，病就完全好了。

凡是那人曾说过要带走的人都死了，只有王文英半年以后才死去。只要是王祐赠送了红笔的人，遇到灾祸、疾病、战乱都安然无恙。

此前，有妖书上说：“天帝派遣了三位将军，其中赵公明和钟士季各自带着几个小鬼到凡间捉人。”也不知道书上提到的事情发生在哪里。王祐痊愈后，见到此书，发现上面写的内容与梦中那人说的赵公明的事情都相符合。

周式逢鬼吏

汉代下邳(pī)县的周式曾经到东海去，在路上遇见一个带着一卷文书的小吏请求载他一程。走了十几里路，小吏对周式说："我临时要去拜访个人，将我这卷文书留在你的船上，你千万不要把它打开。"

小吏离开后，周式偷偷打开那卷文书看，上面写的都是死人的名字，下面的一列上有周式的名字。

一会儿，小吏回来了，而周式还在看那卷文书。小吏生气地说："我之前已经跟你说了不要看，你怎么能置若罔闻？"周式朝着小吏不停地磕头谢罪，头上都磕出血了。过了很久，小吏说："我很感激你载我这么远，但是这文书上你的名字我不能删去。今天你就赶快回家去，三年之内都不要出门，这祸事就可以躲过了，也不要对人说起见过我文书的事。"

周式回家以后，再也没有出过门。像这样过了两年，家里人都觉得很奇怪。后来，他邻居家死了人，他父亲生气了，一定要让他去吊唁。周式不得已才出了门，他一出门就遇到了那个小吏。小吏说："我让你三年之内都不要出门，你今天却出门了，我还能怎么办呢？这两年我找不到你，被罚了鞭刑。如今既然遇见你了，真的没有办法了。三天后的中午，我就回来取你性命。"

周式回家后，哭着向家人说了此事，但他的父亲依然不信，只有母亲日夜守在他的身边。等到第三天中午，果然有人来取他性命，他就这样死了。

张助砍李树

南顿县的张助在田里种庄稼的时候看到一棵李子核，就把它捡起来了。后来遇见一棵树干中空了的桑树，里面有土，就把李子核种了进去，用喝剩的水去浇灌。

后来，人们看见桑树中长出一棵李子树，就相互传扬这件事。有个患了眼疾的人在这树下休息，对树说："李树仙，你要是能让我的眼疾痊愈的话，我一定会用一头猪来祭祀你的。"

这人的眼病本就是小病，过了不久就自愈了。后来不知怎的就传成了盲人复明的故事，远近闻名。来祭祀李树的车马络绎不绝，树下的酒肉多到放不下。

隔了一年多，张助出远门回来了，看见这景象，吓了一跳说："哪里有什么神仙啊，这棵树是我种的。"于是就把这李树给砍了。

临 淄 新 井

王莽摄政时，刘京上书说：“齐郡临淄县的亭长辛当多次梦见有人对他说：‘我是天帝的使者，现在的摄政皇帝，将来会成为真正的皇帝。要是你不信我的话，你的亭中就会有一口新井出现。’亭长起身到亭中一看，果然出现一口新井，深有百尺。”

卷六

妖 怪

妖怪是精气附着在物体上形成的。

体内精气混乱，物体的外形就会发生变化。形神气质都是外表与内在相互作用的结果，本源于金、木、水、火、土这五行，表现于貌、言、视、听、思这五事。即使它有消亡升涨，变化万端，但它在吉凶祸福上的征兆都是可以在一定范围内测定的。

山 徙(xǐ)

夏桀时期，厉山消失了；秦始皇时期，三座神山（蓬莱、方丈、瀛洲）消失了；周显王三十二年，宋国的大丘社消失了；汉昭帝末期陈留郡和昌邑社消失了。京房《易传》说："山脉自行悄悄移动，天下将要有兵乱，社稷将会灭亡。"

从前，会稽郡山阴县境内有座怪山，相传这山原本是琅琊郡东武县海中的一座山。当时天地晦暗，风雨大作，天亮后就看见武山在那里了。人们觉得奇怪，就给它取名"怪山"。东武县的那座山，也是一夜之间不知去向。熟识山形的人都知道怪山是从哪里来的。如今怪山脚下有个叫东武里的地方，大概就是为了记录这座山的由来才这样命名的吧。

又有交州的山移到了青州的朐县。凡山脉迁移，都是极为异常的事情。上述两件事情也不知道发生在什么时候。《尚书·金縢(téng)》说："山脉迁移是因为国君不任用有能力的人，贤人不被举荐。或是因为官位俸禄不掌于君王，赏罚由不得君主。权贵结党营私，没法治理，这是将要改朝换代的征兆。"

还有人说："善言天道的人，一定也会探究人道；善言人道的人，一定也遵循天道。因此，天有春夏秋冬四季，日月相互交替，寒暑更迭，都是它们运行的规律。天地和谐则细雨绵绵，天地不和则狂风嘶嚎。分散开来是露，混乱迷浊的是雾气，凝结起来的是霜雪，伸展开来的是霓虹，这本是天地运行的正常现象。

"人有四肢五脏，一醒一睡，呼吸吐纳，使精气流转全身，血液循环，表现在人脸上就是气色，从嘴里呼出来就发出声音。这也是人生存的正常现象。

"如果四季运行紊乱，寒暑交替与自然相违背，那么金、木、水、火、土五星就会偏离轨道，星辰也会偏离自己的位置，日月相互掩蚀，彗星流飞，这就是天地的危险症状了。寒暑交替没有规律的时间，这是天地的热气闭塞(bì sè)了。地面突然出现高耸的石头和土块，这是天地的肿瘤赘疣了。山崩地陷，这是天地的恶疮痈疽(yōng jū)了。狂风暴雨，这是天地的哮喘咳嗽。久旱不雨，河流枯竭，这是天地变得憔悴枯槁了。”

龟毛兔角

商纣王的时候，有乌龟长出茸毛、兔子长出犄角的情况。这都是战争的前兆啊。

马变狐

周宣王三十三年，周幽王出生。那一年，有马变成了狐狸。

玉 变 虫

晋献公二年，周惠王居住在郑国。郑国人进入王府中的宝库，拿走了很多玉。宝库中的宝玉都变成了蜮(yù)，含沙射人。

地 暴 长

周隐王二年四月，齐国的一处地面暴长，高出来的那块地方有一丈多长，一尺五寸高。京房《易妖》说："土地在四季暴长，占卜的结果是：春夏多有吉利，秋冬多有灾祸。"

历阳郡一夜之间陷入地下变成了湖泊，也就是今天的麻湖。也不知道这是什么时候发生的事。《运斗枢》说："城市陷落，是阴吞阳的标志，天下的百姓将要互相残杀了。"

一 妇 四 十 子

周哀王八年，郑国有个妇人，生了四十个儿子，其中二十个活了下来，二十个死了。周哀王九年，晋国有头猪生了个人。

吴国赤乌七年，有位妇人一胎生了三个儿子。

侍 女 生 龙

周烈王六年，林碧阳君的婢女生下了两条龙。

彭 生 化 猪

春秋时鲁严公八年，齐襄公在贝丘狩猎，遇见一头猪。

随从对他说:“这是公子彭生。”齐襄公生气了，就用箭射猪。那猪便像人一样站立起来吼叫。齐襄公吓得跌下了车，脚受了伤，还丢了自己的鞋子。

刘向认为这是猪造成的祸事。

蛇斗南门

春秋鲁严公时，有城内的蛇与城外的蛇在郑国南门下争斗。最终，城内的蛇死了。

刘向认为这是蛇祸。京房在《易传》中说：“在立储君的事情上犹豫不决，就有妖蛇在国门下争斗。”

龙斗洧（wěi）水

春秋鲁昭公十九年，有龙在郑国时门外的洧渊中争斗。

刘向认为这是龙祸。京房在《易传》中说：“民心不安，就会有妖龙在城邑中争斗。”

九蛇绕柱

春秋鲁定公元年，有九条蛇缠绕在柱子上。

占卜的结果显示此事是因为有九代祖宗没有立祠祭祀，所以后来就建了炀宫。

马生人

战国秦孝公二十一年，有马生下了人。昭王二十年，有公马生了小马后就死了。

刘向认为这都是马祸。京房《易传》说：“诸侯割据，就会发生公马生下小马这样的事。上无天子，诸侯互相征讨，就会发生妖马生人这样的事。”

女子变男人

战国魏襄王十三年，有女子变成男子，后来娶妻生子了。

京房《易传》说：“女子变成男子，是阴气猖獗的表现，象征着地位低下的人将要变成王。男子变成女子，是阴气战胜阳气的表现，这象征着国家将要灭亡。”

还有一种说法是：男子变成女子是因为宫刑泛滥，女子变为男子是因为后宫摄政所致。

五脚牛

战国秦惠文王五年，惠文王到朐衍出游，有人进献了一头五足牛。

当时秦国大肆征用民力，天下的百姓都有了反叛之心。京房《易传》中说：“大兴徭役，抢夺农时，就有妖牛长出五只脚。”

临洮(táo)巨人

秦始皇二十六年，有巨人身高五丈，脚上的鞋子有六尺长，都穿着外族的服饰，总共有十二人，出现在临洮。于是，秦始皇便命人照着他们的样子打造了十二尊金像。

井中妖龙

汉惠帝二年正月癸酉(guǐ yǒu)日的早晨，有两条龙出现在兰陵县廷东里温陵的一口井中，直到乙亥日夜里才离开。

京房《易传》说："有德之人遭到陷害，就会有妖龙出现在井中。"另一种说法是："刑法残暴就会有黑龙从井里出来。"

马生角

汉文帝十二年，吴地有马长出了角，在耳朵前方，朝上。

右角长约三寸，左角长约二寸，两只角都有两寸粗细。

刘向认为马不应该有角，就像吴王不应该兴兵讨伐朝廷。马长角预示着吴王将有谋反之变。

京房《易传》说：“臣子讨伐君主，为政不顺，就会有妖马长出角。这也说明贤能的人太少了。”又说：“天子亲自率兵征伐，就会有马长出角。”

狗生角

汉文帝后元五年六月，齐雍城门外有只狗长出了角。

京房《易传》说：“执政者有了失误，地位低下的人将谋害他，就会有妖狗长出角。”

人生角

汉景帝元年九月，胶东郡下密县有个七十多岁的人长出了角，角上有毛。

京房《易传》说："宰相专政，就会有妖人长出角来。"《五行志》认为人不应该长角，就像诸侯不应该征讨京师。在那之后就发生了七国叛乱的灾难。

晋武帝泰始五年，元城有个七十岁的人也长出了角。这大概就是赵王司马伦篡权作乱的征兆。

狗彘(zhì)之交

汉景帝三年，邯郸郡有狗与猪交配。

当时赵王悖逆作乱，与六国一起谋反并勾结匈奴作为外援。《五行志》认为：狗是战争与失去民心的象征，猪是北方匈奴的象征。逆耳忠言得不到采纳，与异类相交，以致造成祸乱。

京房《易传》说："夫妻关系不紧密，就会发生狗与猪交配的事情。这叫作'反德'，象征国家将有战乱发生。"

白 黑 乌 鸦 斗

汉景帝三年十一月，有白颈乌鸦与黑乌鸦在楚国吕县境内群斗。白颈乌鸦落败，掉落在泗水中死去的有好几千只。刘向认为这是类似于白黑之兆。

当时楚王刘戊(wù)暴虐无道，用刑罚侮辱申公，与吴王一同谋反。乌鸦群斗是战争的象征。白颈乌鸦体形小，说明弱小的将要失败；掉落在水里，说明将会死在有水的地方。楚王刘戊不明智，才会举兵响应吴王，与朝廷开战，最终落败而逃。他们逃到丹徒，被越人斩杀，这正应验了“掉落在泗水中”的说法。

京房《易传》说：“背叛自己的亲族，就会有黑白乌鸦在城内群斗的景象。”

燕王刘旦谋反的时候又出现一只乌鸦与一只喜鹊在燕王宫的水池上争斗的景象，最终乌鸦落在水池中死去。《五行志》认为楚国和燕国都是汉朝的诸侯国，藩国臣子骄横跋扈，意图不轨，就会有乌鸦和喜鹊相斗而死的征兆。他们的行为相同，而且占卜的结果也一样，这应该是上天最明显的暗示了。燕王的阴谋还没有实施，他就在王宫里自杀了，所以只有一只乌鸦落水而死。楚国狂妄举兵，军队在野外大败，所以有许多金色的乌鸦死了。天道竟是这样的精确微妙。

京房《易传》说：“专政杀伐劫掠，就会有乌鸦、喜鹊相斗的景象。”

牛 足 出 背

汉景帝十六年，梁孝王在北山狩猎时，有人进献了一头牛，这头牛的脚长在脊背上。

刘向认为这是牛祸。对内思虑混乱，对外大兴土木，所以才会有牛祸。脚长在背上，是以下犯上的象征。

内 外 蛇 斗

汉武帝太始四年七月，赵国有条蛇从郊外进入城内，与城里的蛇在孝文庙下争斗，最终城内的蛇死了。

两年后的秋天就发生了卫太子事件，是赵人江充诬陷太子造成的。

老 鼠 跳 舞

汉昭帝元凤元年九月，燕国有只黄鼠叼着自己的尾巴在王宫的端门下跳舞。

燕王前去观看，那老鼠还是像之前一样在跳舞。燕王便派小吏用美酒肉脯来祭祀这只老鼠，但这老鼠还是跳个不停。老鼠整整跳了一天一夜才死去。当时燕王刘旦谋反，这就是他即将死亡的征兆。

京房《易传》说：“诛杀他人而罔顾原情，就会有妖鼠在门下跳舞。”

泰 山 石 立

汉昭帝元凤三年正月，泰山芜莱山的南部传来几千人喧哗的声音。

百姓前往观看，只见有块大石头自己站了起来。这石头高一丈五尺，宽四十八围，入地八尺深，有三块小石头做它的基脚。那石头站起来后，有几千只白乌鸦回旋在它身边。

这是汉宣帝中兴的吉兆啊。

虫叶成字

汉昭帝时期，上林苑中的一棵大柳树突然断了，倒在地上。

忽然有一天，这棵树又站了起来，长出了枝叶。有虫子啃食柳树的叶子，形成的文字上写着："公孙病已立。"

狗戴帽子

汉昭帝时期，昌邑王刘贺看见一只大白狗戴着"方山冠"的帽子却没有尾巴。

等到熹平年间，宫内流行给狗戴帽子系绶带来取乐。忽然有条狗跑出来，跑进了司空府的大门，凡是看见它的人，无不感到惊奇。

京房《易传》说："君主不正，臣子想要篡权，就会有妖狗戴着帽子跑出朝门。"

雌鸡化雄

汉宣帝黄龙元年，未央宫辂(lù)軨(líng)厩里有只母鸡变成了公鸡，它的羽毛发生了变化，但不打鸣，也不带领鸡群，脚上也没有鸡距。

汉元帝初元元年，丞相府史家的母鸡在孵蛋的时候，渐渐变成了公鸡，有鸡冠、鸡距，还会打鸣、带领鸡群。

等到永光年间，有人进献一只长了角的公鸡。

《五行志》认为这些事与王莽篡位有关。

京房《易传》说："贤明的人处于乱世，忧时伤世，或是庸人居于高位，就会有鸡长出角。"又说："妇人专政，国不安宁；母鸡像公鸡一样打鸣，预兆不会兴盛。"

范延寿断讼

汉宣帝时期，燕地和岱地之间，有三个男子合娶了一位女子，生下四个儿子。等到他们分妻子和孩子的时候便无法平均了，以致打起了官司。

廷尉范延寿断案说："这不是人干出来的事，应该像动物那样，孩子随母亲不随父亲。”范延寿请旨杀了这三个男子，把孩子还给母亲。

汉宣帝叹着气说：“何必事事尊古呢？如果那样，可以说是理所当然却有悖人伦了。”

范延寿大概是根据人情世故来判刑的吧，他还不知道探究妖人对将来有什么预兆。

落草成雨

汉元帝永光二年八月，天上落草成雨，草叶相互缠绕成弹丸大小的形状。

等到汉平帝元始三年正月，天上又落草雨，状况跟永光年间的一模一样。

京房《易传》说：“君主吝惜俸禄，信用衰微，贤能的人都会离去，就会有妖草从天上落下来。”

断 槐 复 活

汉元帝建昭五年，兖州刺史浩赏禁止百姓私自建立祠庙。山阳县橐(tuó)茅乡的一座庙里有棵大槐树，官吏把它砍断了，当天晚上那树又立在了原地。

有人说："凡是枯树断了又重新立起来的，都是国家衰败又要兴盛起来的象征。"这应该跟汉光武帝中兴有关。

老 鼠 筑 巢

汉成帝建始四年九月，长安城南有老鼠叼着黄色秸秆、柏树叶子，到百姓坟墓旁边的柏树和榆树上筑巢，其中以桐柏居多。老鼠筑的巢中没有小老鼠，只有几升干老鼠屎。当时朝臣议论说将要有水灾。

老鼠是擅长偷盗的小动物，夜晚出没，白日隐匿。如今敢白天就离开巢穴爬上树木，象征着地位低下的人将要居于高位了。桐柏，是卫皇后墓园所在地。卫皇后死后，赵皇后以卑微的出身登上尊贵的位置，与卫皇后是一样的。赵皇后没有子嗣，也酿成了灾祸。

第二年，发生了老鹰自毁巢穴杀死幼子的事情。

京房《易传》说：“不干预臣子私下受贿，就会发生妖鼠筑巢这样的事情。”

狗为祸

汉成帝河平元年，长安城的男子石良和刘音一同居住。有个像人一样的怪物出现在他们家中，他们就去打那怪物，怪物变成狗逃出去了。

狗跑了以后，有好几个身披铠甲、手持弓弩的人来到石良家。石良等人与他们搏斗，有的死了，有的受了伤，都是狗。这件事从当年的二月一直持续到六月才停止。

在《洪范五行传论》中，这些都是狗祸，据说是象征不顺从而招致的灾祸。

老 鹰 焚 巢

汉成帝河平元年二月庚子日，泰山的山桑谷里有老鹰自己焚毁了巢穴。

男子孙通等人听到山中传来群鸟鹰鹊的声音，前往查看，看见老鹰的巢穴烧了起来，小鹰全部掉进了水中，有三只被烧死。鸟巢所在的那棵树有四围大小，鸟巢的位置距离地面有五丈五尺。

《易经》说："鸟自焚巢穴，旅人先是哈哈大笑，最后会号啕大哭。"

后来终于发生了改朝换代的祸事。

天 降 鱼 雨

汉成帝鸿嘉四年秋，信都县落鱼成雨，鱼的大小都在五寸以下。

等到永始元年春，北海郡出现了四条大鱼，长约六丈，高一丈。

汉哀帝建平三年，东莱郡平度县出现了七条大鱼，长八丈，高一丈一尺，都死了。

汉灵帝熹平二年，东莱郡的海上出现了两条大鱼，长八九丈，高二丈有余。

京房《易传》说："海中多次出现大鱼，是因为君主听信奸佞，疏远贤士。"

树长成人

汉成帝永始元年二月，河南郡街邮的一棵樗(chū)树长出新枝像人头，眉眼胡须都有，但是没有头发和耳朵。

等到汉哀帝建平三年十月，汝南郡西平县遂阳乡有棵树倒在地上长出了新枝，像人的模样：身体是青黄色，脸是白色，头上有毛发。逐渐长大，长约六寸一分。

京房《易传》说："君主德行衰微，地位低下的人将要崛起，就会有树木长出人的模样。"

在这之后就发生了王莽篡汉的事情。

马 长 角

汉成帝绥和二年二月，马厩里的马长出了角，角在左耳前侧，长度和围度都是两寸。

这时，王莽担任大司马一职，他加害皇上的心也是在这个时候萌发的。

燕 子 生 麻 雀

汉成帝绥和二年三月，天水郡平襄县有只燕子生下了一只麻雀，喂养它长大后，两只鸟一同飞走了。

京房《易传》说：“奸臣当道，就会有燕子生下麻雀这样的事情，诸侯要被削弱。”又说：“生下的孩子不是自己的同类，象征着自己的儿子不能继承皇位。”

三 脚 小 马

汉哀帝建平三年，定襄郡有匹公马生下了一匹只有三只脚的小马。小马跟随着马群一起饮食。

《五行志》认为：马是国家作战的重要工具，三只脚是人才不被任用的象征。

僵 树 自 立

汉哀帝建平三年，零陵县有棵树倒在地上，树围一丈六尺，长十丈七尺。当地人砍断了树根，长九尺多，都枯萎了。三月，树忽然在原来的地方立了起来。

京房《易传》说：“背弃正道，行淫邪之事，就会有妖树根断了又连接起来。妃子、皇后专权，就会有树倒下了又立起来，树断根枯了又生长起来。”

腹中啼哭

汉哀帝建平四年四月，山阳郡方与县的一名叫田无啬的女子生下了一个儿子。

出生前两个月，孩子在她肚子里啼哭，等到生下来，她不愿哺养孩子，就把他埋在了路边。

三天后，有人路过，听见了孩子啼哭声，有一位母亲便把孩子从土里挖出来收养了。

西王母传书

汉哀帝建平四年夏天，京师和郡国里的百姓聚集在巷子里、街道上，设置博具游戏，载歌载舞来祭祀西王母。

有人传信说："西王母告诉百姓，带着这封信的人不会死去。如果不信我的话，就到门枢下面去看，那里一定有白发。"

祭祀活动到秋天才停止。

男 变 女

汉哀帝建平中年，豫章郡有男子变成了女子，后来嫁给别人做妻子，生下了一个儿子。

长安陈凤说："阳变为阴，将要灭亡，后来有了继承的孩子，是自行相生的现象。"还有人说："这人嫁给别人做妻子，生下一个孩子的，再过一代，就会绝后。"

所以，汉哀帝驾崩后，汉平帝早亡且无子嗣，因而被王莽篡夺了皇位。

人 死 复 生

汉平帝元始元年二月，朔方郡广牧县女子赵春病死了。殓进棺材七天后，她又自己爬了出来，自称见到其丈夫死去的父亲说："你才二十七岁，你不该死去的。"

这是朔方太守谈话时说的。有人解释说："至阴转阳，地位低下的人爬上高位，它的征兆就是人死复生。"

后来王莽就篡夺了皇位。

双 头 人

汉平帝元始元年六月，长安有位女子生了个儿子，两头两颈，脸对着脸，四只手臂，共用一个身子，都是朝前的。臀上长着眼睛，长二寸左右。

京房《易传》说：“离家在外的孤儿看见猪爬于泥土之中，就会有妖人长出两个脑袋。预示着下面的人将会发生纷争，妖兆也一样。如果是六畜，脑袋和眼睛长在下面，则说明国君将要死去，政权将要更迭。这种妖兆的出现，是谴责君主丧失了正道。各个妖兆都有具象：两只脖子说明君臣不能同心；手多说明任用了奸佞之人；脚少，说明臣子不能胜任自己的工作或者君主没有任用下臣。但凡下体长在上面的都是大不敬，上体长在下面的，都象征着亵渎。如果生出来的孩子不是自己的同类，一定是淫邪的结果；孩子生下来就很大，象征着居高位者求成心切；生下来就能说话的，预示着君主好虚。各种妖邪的现象以此类推。如不改正，就会酿成灾祸。”

三脚乌

汉章帝元和元年，代郡高柳县有乌鸦生了一只小乌鸦，有三只脚，个头像鸡一般大小，红色，头上有角，约一寸多长。

皇宫出现大蛇

汉桓帝即将登上皇位，有条大蛇出现在德阳殿上。

洛阳县令淳于翼说："蛇身上有鳞片，象征着战争。出现在宫殿里，那么就会有外戚大臣遭受兵甲灾祸。"于是他就弃官逃跑了。

到了延熹二年，京城发生兵变，大将军梁冀被杀，其家属也都被抓起来了。

天降肉雨

汉桓帝建和三年秋七月，北地郡廉县下起了肉雨，好像是羊肋，有的像手掌一般大小。

当时梁太后摄政，梁冀专权，擅自诛杀太尉李固和杜乔，天下百姓都为他们喊冤。

后来，梁氏家族就被灭门了。

梁冀妻子的奇妆

汉桓帝元嘉年间，京都的妇女都流行画“愁眉”“啼妆”，扎“堕马髻”，走“折腰步”，含“龋(qǔ)齿笑”。

“愁眉”是一种又细又弯的眉毛。“啼妆”就是在眼睛下擦上薄薄的粉，形成一种啼哭的效果。“堕马髻”就是将头发绾在一侧。“折腰步”就是走起路来，双脚像是不能支撑自己的身体。“龋齿笑”就是笑起来的时候像牙痛一般，不是真正开心而笑。这种妆容最初是大将军梁冀的妻子孙寿画的，后来风靡整个京都，天下妇女都效仿。

上天通过这些告诫人们：兵马马上就会去抓捕他的时候，

妇女们就会因为忧愁而蹙(cù)眉啼哭；官兵强夺，会折弯了她们的腰，使她们的头发倾斜；她们虽然强颜欢笑，却都不再有欢乐的气氛。

到延熹二年，大将军梁冀被杀，其家眷都被诛杀了。

牛 生 鸡

汉桓帝延熹五年，临沅(yuán)县有头牛生了一只鸡，有两个头四只脚。

赤 厄 三 七

汉灵帝曾多次在西园里游玩，他命令宫女打扮成客栈主人的模样，自己穿着商人的衣服到客栈里来，问宫女要酒食，一起饮酒作乐。这是天子即将失去皇位，下降为奴隶的征兆。

在那之后，天下大乱。古书上说：“赤厄三七。”所谓的

“三七”指的是经历二百一十年，会有外戚篡权的事情和红色眉毛的妖怪出现。篡位者福薄寿短，最多也就十八年的光景，然后会有飞龙之秀来光复祖宗的家业。再经过二百一十年，应该有黄首妖怪再现，天下会大乱。

从汉高祖建立帝业到汉平帝末年，总共是二百一十年，发生了王莽篡权的事情，这大概是倚仗着自己是太后亲属的关系。又过了十八年，山东的盗贼樊子都等人起义，他们用丹砂染红了自己的眉毛，所以人们都称他们为“赤眉”。于是光武帝打着光复汉室的旗号兴起，他的名字就叫刘秀。

等到汉灵帝中平元年，张角起义，设置三十六方，响应他起义的徒众有好几十万人，都用黄色的头巾包在头上，所以人们都称他们为“黄巾贼”。如今的道袍就是由此兴起的。黄巾军在邺城起事，后来在真定会合。他们打着“苍天已死，黄天当立，岁在甲子，天下大吉”的口号，迷惑诓骗百姓。在邺城起事，是天下开始行事，在真定会集。百姓纷纷跪拜信奉追随他们，尤其是荆州、扬州的百姓最为追捧，甚至抛弃家产。这造成百姓流离失所，死伤无数。张角等人最初在二月起兵，当年冬天十二月就被全部击败。

从光武帝刘秀复兴到黄巾军起义没满二百一十年，天下就大乱了，汉朝的基业就此废止，实际上也应验了“三七”的运数。

长 短 衣 裙

汉灵帝建宁年间，男子的衣服喜欢做成上衣长、下衣短的形式，女子的衣服喜欢做成长裙，但上衣很短。

这是阳无下、阴无上的表现，因此天下不会太平。后来果然发生了大动乱。

夫 妻 相 食

汉灵帝建宁三年春天，河内郡发生了妻子吃掉自己丈夫的事情，河南发生了丈夫吃掉自己妻子的事情。夫妻是阴阳的象征，本应该是感情深厚的人，如今反而互相残食，这是阴阳相侵的表现，难道仅仅是日月之灾吗？

汉灵帝驾崩后，天下大乱。君主有滥杀无辜的暴行，臣子有挟持弑君的逆举。兵戎相见，骨肉相残，百姓遭遇了莫大的苦难，所以人间的妖兆就出现了。遗憾的是，当时没有辛有、屠黍这样的人去议论、推究其中的缘由。

寺 壁 黄 人

汉灵帝熹平二年六月，洛阳百姓传谣，说虎贲(bēn)寺东面的墙壁里有黄人，身形、容貌、胡须、眉毛都看得清清楚楚。有几万人前来观看，官府里的人也都出来了，道路因此阻塞。

等到中平元年二月,张角兄弟起兵于冀州,自称为“黄天”。他们设立三十六方，四面八方的人纷纷响应。将帅分布四处，朝廷的官员也成了他们的内应。黄巾军因为饥饿疲乏所限制，最终失败了。

木 失 本 性

汉灵帝熹平三年，右校官附属领地内，有两棵樗(chū)树，都有四尺多高。其中一棵树一夜暴长，长一丈有余，粗有一围，模样像个胡人，脑袋、眼睛、鬓发、胡须全都具备。熹平五年十月壬午那天，皇宫正殿旁边长有槐树，都有六七围粗，全都自拔而出，倒了过来，根在上，树枝在下。

汉灵帝中平年间，长安城西北面六七里的地方，一棵树的树洞里有人脸的模样，两鬓有发。

按照《洪范》的说法，这些都是树木失去本性而酿成灾祸的象征。

雌鸡欲化

汉灵帝光和元年，南宫侍中寺内有只母鸡将要变为公鸡，它的羽毛都变成了公鸡的模样，只是鸡冠还没有变化。

两头人

汉灵帝光和二年，洛阳上西门外有个妇女生下一个儿子，两个脑袋，两个肩膀，一个胸腔，身子都朝着前方。那妇女认为这很不吉利，孩子一出生就被扔了。

在这以后，朝廷混乱，政权旁落，上下无序，是国有二主的表现。

后来，董卓杀了太后，背负不孝的罪名，还放逐被废黜的天子，后来又杀了天子。自汉朝建立以来，再没有比这更大的灾祸了。

梁伯夏的后代

汉灵帝光和四年，南宫中黄门寺内出现了一名男子。那男子身长九尺，穿着白色衣裳。

中黄门解步大声喝问他：“你是什么人？竟敢穿着白色衣服乱闯皇宫。”男子回答：“我是梁伯夏的后人，上天命我来做天子。”

解步准备上前抓他，男子却忽然不见了。

草怪

汉灵帝光和七年，陈留郡济阳、长垣、济阴郡、东郡、冤句县、离狐县的边界，路边的野草都长着人的模样，都拿着兵器；也有些草是牛、马、龙、蛇、鸟、兽的模样，黑白分明，羽毛、脑袋、眼睛、脚、翅膀都有，不仅仅是相像，而是宛如真的一般。

旧时的说法是："这是草妖。"当年发生了黄巾军起义的事情，汉朝从此就逐渐衰微了。

两头共身

汉灵帝中平元年六月壬申日，洛阳男子刘仓住在上西门外，他妻子生了个男孩，两颗脑袋共用一个身子。

等到建安年间，又有女子生了个男孩，也是两头一身。

怀陵麻雀搏斗

汉灵帝中平三年八月中旬，怀陵上空聚集了几万只麻雀。它们先是哀鸣，然后互相搏斗残杀，全都断了头，掉落在树枝、荆棘丛上。

等到中平六年，汉灵帝驾崩了。

“陵”是高大尊贵的象征，“雀”是爵禄的象征。上天是想以此告诉人们：“那些享有爵禄、地位尊贵的人，最终会自相残杀，直至灭亡。”

婚礼挽歌

汉朝时，京城的请客、婚宴等喜庆的聚会，都会表演木偶戏，然后再演奏挽歌。木偶戏是举办丧事时表演的节目，挽歌是送葬时，人们执绋齐声唱和的曲子。上天告诫人们：“国家很快就会陷入困境，那些快乐的贵族都会死去。”

从汉灵帝驾崩以后，京城遭到破坏，家家户户都有尸体，尸虫相互啃食。这难道不是木偶戏、挽歌的效验吗？

京师歌谣

汉灵帝末年，京城传出歌谣："侯非侯，王非王。千乘万骑上北邙（máng）。"

等到中平六年，"史侯"刘辩登上了皇帝的高位，而汉献帝当时还没有爵号。两人被中常侍段珪等人挟持，公卿大臣都跟在他们后面，一直到了黄河边上，两人才得以脱身返回。

桓（huán）氏复生

汉献帝初平年间，长沙有个姓桓的人死了，殓（liàn）入棺材内一个多月后，他母亲听见棺材里有声音，便把棺材打开，那人又复活了。

占卜结果说："死而复生是阴极为阳的表现，象征着地位低下的人将登上高位。"

在那之后，曹操就由官府小吏崛起了。

建 安 人 妖

汉献帝建安七年，越巂（xī）有个男子变成了女子。

当时周群上书说：“汉哀帝时期也有此变故，这是要改朝换代的征兆。”

等到建安二十五年，汉献帝被废黜，封山阳公。

荆 州 童 谣

汉献帝建安初年，荆州有童谣传唱说：“八九年间始欲衰，至十三年五孑遗。”

这说的是汉朝从中兴以来，只有荆州能独善其身。刘表担任荆州牧，百姓丰衣足食，等到建安九年，就开始逐渐衰微。“始衰”的意思是刘表的妻子死去，诸将士也将伤亡。“十三年无孑遗”意思是刘表也会死去，在此之后，荆州也会败落。

当时，华容有个女子，忽然哭喊着说：“将有大丧亡！”因为她言语夸张，县令以为她妖言惑众，就把她关进了监狱里。一个多月后，那女子在监狱里哭着说：“刘荆州今天将要死了。”华容距离荆州有几百里路程，县令立马派人前去验看，刘表果然死了。县令便把那女子放了出来。

女子又接着歌唱道:“没想到李立要成为贵人了。”之后不久，曹操平定了荆州，任李立为荆州刺史。李立，涿郡人，字建贤。

树木流血

汉献帝建安二十五年正月，曹操在洛阳建造宫殿，砍伐濯(zhuó)龙园的树木时，树木流血了。后来迁移梨树时，伤了树根，梨树也流出血来。

曹操非常嫌恶此事，就病倒了，同月死去了。

这一年是魏文帝黄初元年。

燕巢生鹰

三国时期，魏文帝黄初元年，未央宫里有只鹰生在了燕巢里，喙和爪子都是红色的。等到青龙年间，魏明帝建造凌霄阁，刚刚开始建造的时候，就有喜鹊在上面筑巢了。

魏明帝就这件事问高堂隆,高堂隆回答说:“《诗经》说:‘惟鹊有巢，惟鸠居之。’如今刚刚建造宫殿就有喜鹊来筑巢，这是宫殿尚未建成，自身不能居住的征兆啊。”

妖 马

三国时，魏齐王嘉平初年，白马河附近出现了一匹妖马，晚上路过官府牧场旁的时候放声嘶鸣，牧场里的马都跟着嘶鸣。

第二天，看到那匹马留下来的蹄印，足有一斛(hú)大，走了几里，又潜入白马河里去了。

燕生大鸟

三国时，魏文帝景初元年，有只燕子在卫国李盖家里生下一只巨大的雏鸟，外形像鹰，喙像燕。

高堂隆说：“这是魏氏王朝的大异象，应该提防掌握大权的朝臣，以免祸起萧墙。”

此后，司马懿起兵，杀了曹爽，掌握了魏国的政权。

谯周书柱

三国时，蜀后主景耀五年，皇宫里的大树无缘无故就折断了。谯周对此事甚为忧心，他没有可以说话的地方，便在柱子上写下：“众而大，期之会。具而授，若何复。”

谯周话的意思是：曹为“众”，魏为“大”。“众而大”就是指曹魏人口众多且强大；“期之会”是指天下最终会汇集在曹魏手中；“具而授”是指蜀后主刘禅将所有的事情都托付给别人，最终无法收回政权。

蜀国最终灭亡正是应验了谯周的话啊。

孙 权 的 死 亡 征 兆

三国时，吴国孙权太元元年八月初一，大风。江海里的水涌流而出，平地上的积水深达八尺。大风刮倒了高陵上两千多棵树，石碑摇动，吴国两扇城门也被吹倒了。

第二年，孙权就死了。

孙 亮 草 妖

三国时，吴国孙亮五凤元年六月，交趾郡的稗草都变成了稻谷。

从前三苗将要灭亡的时候，五谷也变了种，这些都是草妖。之后，孙亮就被废黜了。

大 石 自 立

三国时，吴国孙亮五凤二年五月，阳羡县离里山的一块大石头自己竖了起来。

当时孙皓继承衰微的家业，大石自立就是他复位的象征。

陈焦死而复生

三国时，吴国孙休永安四年，安吴百姓陈焦死了七天后又复生了，自己从坟墓中爬了出来。

这是乌程侯孙皓继承衰微家业的吉兆。

孙休时期服制

三国时，吴景帝孙休后期，衣服的形制都是上衣长、下衣短的，而且上衣穿着五六件，下裳只穿一两件。

这大概是居高位者奢靡，居低位者穷俭，居高位者富余，居低位者不足的象征。

卷七

玄石上的花纹

当初，汉元帝、汉成帝时期，有见识的贤士曾说：“魏国的年号里会出现‘和’字，还会有裂开的石头出现在西面三千多里的地方，旁边系着五匹马，上面写着‘大讨曹’。”

等到曹魏初兴，张掖郡的柳谷内出现一块裂开的石头。最初是在建安年间出现的，在黄初年间成形，太和年间形成了图文。这石头粗七寻，中间高一仞，底色青黑，图文素白。龙、马、麟、鹿、凤凰、仙人的形象，都清楚地在石头上显现出来。这是魏、晋代兴的标志。

等到晋武帝泰始三年，张掖太守焦胜上书，说：“用留郡的玄石图校验这石头上的文字，文字多多少少有些不同。臣如今将石头上的图文拓印下来，呈给陛下御览。”

石头上有五匹马的图案，其中一匹马上有个戴着头巾的人，拿着戟；另一匹像马，但是没有画成。图上还有“金”“中”“大司马”“王”“大吉”“正”“开寿”等字，其中有四个字成行，是“金当取之”。

西晋的妖服

晋武帝泰始初年，衣服的形制是上面穿得少，下面穿得多，穿衣服的人都束紧腰身。这是君主衰微、臣下放纵的象征。

等到元康末年，妇女把背心穿在交领衣外面，这是内出外的表现。制作车轿的人，崇尚轻便精细的轿子，又五次三番改变轿子的外形，流行用白篾来镶边。这是古代丧车遗留下来的制式。

这都是晋朝即将发生灾祸的象征。

翟(dí)族入侵的先兆

胡床、貊(mò)盘是翟族使用的器物。羌煮、貊炙是翟族的食物。

从晋武帝太始以来，中原人崇尚这些。贵族富人之家一定备有这些器皿，招待宾客的时候，也会把这些食物放在客人面前。

这是戎翟侵略中原的前兆呀。

蟛蚑化鼠

(péng qí)

晋武帝太康四年，会稽郡的蟛蚑和螃蟹都变成了老鼠。这些老鼠遍布田野，大肆啃食庄稼，形成鼠灾。

它们一开始变成老鼠的时候，只有皮毛和血肉，没有骨头，所以翻不过田埂。几天以后，它们变成了母老鼠。

武库二龙

晋武帝太康五年正月，有两条龙出现在武库的一口井中。武库是储藏帝王防卫武器的地方，房屋幽深，不是龙应该待的地方。

此后七年，藩王互相残杀。二十八年后，果然有两个胡人逾越本分，妄图窃取帝位，而这两人的字里都有“龙”。

两 足 虎

晋武帝太康六年，南阳郡有人捕获了一只两足虎。老虎是阴精居于阳位，五行中属金的猛兽。南阳是属火地名。金兽入火，必然丧失它本来的形貌。这是王室内产生妖孽的象征。

晋武帝太康七年十一月丙辰日，河间郡出现了一头四角兽。上天告诫人们：“角是战争的象征。四是四方的象征。这表示四方将有战争发生。”

后来，河间王司马颙(yóng)就联合四方军队，掀起了兵乱。

死 牛 说 话

晋武帝太康九年，幽州塞北有一头死牛开口说话了。

当时晋武帝身患重病，总是记挂着自己死后的事，而不能以至公之心托付后事。这是他思维混乱的征兆。

武 库 飞 鱼

晋武帝太康年间，有两条鲤鱼出现在武库的屋顶上。

武库是储藏兵器的场所。鱼有鳞甲，也是兵器的象征。鱼是至阴之物，屋顶是至阳之处。鱼出现在屋顶上，象征着至阴利用兵祸来侵犯至阳。

晋惠帝登位之初，诛杀了杨皇后的父亲杨骏，箭矢在宫殿里穿梭。杨皇后也被废黜为庶民，最终死在深宫。

元康末年，贾后专政，构陷、杀害太子，不久自己也被废黜杀害。

十年之内，发生两次国母干政的灾祸，这正应验了武库飞鱼的征兆。祸乱便是由此开始的。

京房《易妖》说:“鱼离开水，飞上道路，战争就会发生。”

男 女 之 屐(jī)

开始时人们制作的鞋子，妇女的是圆头，男子的是方头。这是有意区别男女的表现。

到了晋武帝太康年间，妇女都穿着方头鞋，与男子的鞋子没有什么不同。这就是贾后专政的征兆。

xié
撷子髻

晋朝时，妇女盘发，盘好之后会用缯（zēng）带紧紧地束成一个环，这种发型叫“撷子髻”。从宫里面传出来，很快风靡全国。

到西晋末年，就发生了愍（mǐn）怀太子被废的事。

晋世宁舞

晋武帝太康年间，全国流行《晋世宁》之舞。这种舞，是垂手拿着杯盘，将杯盘在手中颠倒反复。歌词唱着：“晋世宁舞，杯盘反复。”这是很危险的啊。

杯盘是酒器，而取名“晋世宁”表示当时的人们苟且于饮食享乐，不去思考久远之后的事情，就如同器皿在手里的危险动作一样。

毡絈头

（mò）

晋武帝太康年间，全国流行用毡制作头巾、络带和裤口。那时候，百姓常相互开玩笑说："中原一定会被胡人攻占的。"

毡是胡人生产的东西，现在全国都用它来制作头巾、络带和裤口。头、颈、脚都已经被胡人控制了，难道还不会战败吗？

《折杨柳》的征兆

晋武帝太康末年，京城洛阳传唱着《折杨柳》歌曲。这首曲子先是唱着有关战争苦难的内容，终以擒获、斩杀的内容结束。

在这之后，杨骏就被诛杀了，太后被幽禁而死。这都应验了《折杨柳》啊。

辽 东 马

晋武帝太熙元年，辽东郡有马长出了犄角，长在两耳下方，长约三寸。

等到晋武帝驾崩，王室便陷入战争的祸乱中。

妇 人 凶 饰

晋惠帝元康年间，妇女有五种兵器式样的头饰，都是用金、银、象牙、玳瑁这样的材料，制作成斧、钺、戈、戟的样子戴在头上。

男女有别，是国家重要的礼节，所以男女的服饰、饮食都不一样。如今妇女以凶器做头饰，应该是出现了很大的妖孽。

后来就发生了贾后专权的事情。

大 钟 流 泪

晋惠帝元康三年闰二月，大殿前的六口大钟都流出了眼泪，一直流了五刻钟才停止。

前年，贾后在金墉城杀死了杨太后，贾后作恶不断，又不知悔改，所以大钟为此而伤心流出眼泪。

一 身 二 体

晋惠帝时期，洛阳有一人，兼具了男女两种生殖器。这人既能与男子交合，也能与女子交合，而且生性淫荡。

天下兵乱，就是由男女之气混乱滋生的妖邪引起的。

安丰女子

晋惠帝元康年间，安丰郡有个名叫周世宁的女子。

八岁的时候，她逐渐变化成了男子，等到她十七八岁的时候，气质、性情已经完全是男子的样子了。她的女体没有完全退化消失，而男体形成又不彻底，所以虽然娶了妻子，但没有生下孩子。

临淄大蛇

晋惠帝元康五年三月，临淄出现了一条大蛇，长十多丈，背着两条小蛇，进了城北门，径直穿过集市，进入到汉城阳景王祠中，消失不见了。

吕 县 流 血

晋惠帝元康五年三月，吕县有地方流出血来，东西长一百多步。

在这之后八年，封云在徐州作乱，杀伤了好几万人。

霹 雳 破 石

晋惠帝元康七年，雷电击破了洛阳城南高禖(méi)庙里的一块石头。

高禖是宫中求子的神祠。贾后妒忌，想要杀死怀帝、愍帝，上天震怒，以此来警示贾后将要诛杀皇子的事。

乌 杖 柱 掖

晋惠帝元康年间，全国开始流行制作乌杖，用它支撑身体。

之后人们又在乌杖底下添一个厚实的底座，不用的时候就可以将乌杖竖立在一旁。

等到怀帝、愍帝的时候，王室多生变故，连中都洛阳都沦陷颓败了。

晋元帝凭借着自己藩王的身份在东部树立了威信，最终取得天下。这就是乌杖支撑身体的效验。

公子裸游

晋惠帝元康年间，一些不担任官职的贵族子弟总是聚在一起，他们披头散发，赤身裸体，饮酒作乐，相互玩弄对方的婢女。违逆他们的人就会伤感情不再交好，指责他们的人则会遭到讥讽。迎合世俗的人，以不参与其中为耻。

这是胡、狄入侵中原的先兆。在这之后就发生了二胡之乱。

浮石上岸

晋惠帝太安元年，丹阳郡湖熟县的夏架湖上有一块大石头漂浮二百步后登上了岸。百姓们惊叹，相互传言道：“石头来了。”

不久，石冰率军攻入了建邺。

贱人入禁

晋惠帝太安元年四月，有个人从云龙门来到大殿前，向北面拜了拜，说：“我应该担任中书监一职。”这个人立刻被收监斩杀。

宫殿是尊贵森严的地方，如今有卑贱之人闯入，而看守的侍卫不能察觉，这是皇室将要空虚，卑贱之人以下犯上的表现。

后来，晋惠帝迁都长安，洛阳宫阙空置了。

江 夏 牛 说 话

晋惠帝太安年间，江夏郡功曹张骋所骑的牛忽然张口说：“天下将乱，我很焦虑，你骑着我要到什么地方去呢？”张骋和他的几个随从都很惊惧，于是骗它说：“我现在就让你回去，你别再说话了。”

他们半路返回了。等到了家，还没解开绑在牛身上的车架，牛又说：“怎么这么早就回来了？”张骋更加害怕了，沉默着不敢说话。

安陆县有个擅长占卜的人，张骋去请他占卜。占卜者说：“这是大凶之兆。而且这不是一家一户的灾难，而是天下将有兵祸发生。一郡之内，都会家破人亡。”张骋回了家，牛又像人一样站起来走路，百姓都赶来观看。

那年秋天，张昌起兵，先是攻占江夏郡，用“汉祚(zuò)复兴，有凤凰之瑞，圣人当世”的谎言诓骗百姓。跟随他的士兵都将额头抹成红色，用来彰显火德祥兆。百姓人心动荡，纷纷跟随他为乱。张骋兄弟都做到了将军、都尉的职位，但不久就失败了。整个江夏郡残破不堪，人员死伤过半，而张骋家族的人也都死光了。

京房《易妖》说：“牛会说话，根据它说的话就能占卜吉凶。”

破鞋聚道

晋惠帝元康、太安年间，江淮一带，多有破鞋聚集在道路上，有的地方多达四五十双。人们把它们胡乱扔进树林、草丛里，第二天再看，这些鞋子又出现在原来的地方了。

有人说："看见野猫将它们衔过来，堆积在这里。"当时的人说："鞋是人类服饰中最底下的，是劳苦百姓的象征，坏了是百姓疲惫不堪的表现。路是汇集四面八方的交通枢纽，中央的命令需要通过它们传达四方。如今破鞋子聚集在路上是百姓疲惫不堪，将要聚在一起作乱，隔绝道路，阻塞王命的象征。"

锋刃有火光

晋惠帝永兴元年，成都王司马颖进攻长沙，回师到邺城，城内、城外都驻守着军队。当天夜里，戟锋上都闪着火光，远远看过去就像蜡烛悬在空中，凑近看，就消失了。

最终，司马颖败亡。

万详婢女

晋怀帝永嘉元年，吴郡吴县万详的婢女生下一个孩子，长着鸟的脑袋，两条腿，马的蹄子，一只手，没有皮毛，黄色尾巴，有一只碗大小。

丫鬟生异物

晋怀帝永嘉五年，枹罕(fú hǎn)县县令严根的婢女生下一条龙、一个女孩和一只鹅。

京房《易传》说：“人生下别的物种，不是寻常的事，而是天下将要发生战乱的征兆。”

当时，晋怀帝承袭惠帝的皇位，四海不宁。不久，他就被造反的胡人挟持到平阳杀害了。

狗说人话

晋怀帝永嘉五年，吴郡嘉兴县张林家的狗忽然像人一样说:“天下百姓都要饿死了。”

后来，果然发生了二胡之乱，天下闹起了饥荒。

延陵鼹鼠

晋怀帝永嘉五年十一月，有鼹鼠在延陵出没。

郭璞为此事占卜,得到了“临”卦转“益”卦。郭璞说:“吴郡东面的县城会有妖人妄图称帝，不久就会自己死去。”

无锡茱萸

晋怀帝永嘉六年正月，无锡县忽然有四棵茱萸树相互缠绕着生长，就像连理树一样。

之前，郭璞为鼷鼠卜卦，得到“临”卦转“益”卦，说：“以后还会有妖树出现，好像是吉兆实际上却又不是，因为都是布满刺藤、毒虫的树。如果长出了这种树，东西几百里的地方，一定会有造反的人出现。”

等这种树木出现，后来就发生了吴兴徐馥(fù)作乱的事情，他杀死了太守袁琇。

豕(shǐ)生两头人

晋怀帝永嘉年间，寿春城内有只猪生了个人，那人有两个头，没能活下来。

周馥把他抱出来观察。有见识的人说：“猪是北方的牲畜，象征着胡、狄；两个头是目无君主的表现；生下来就死了，说明最终会失败。”

上天以此告诫人们：“草率做出专权利己之举，终会给自己招致灾祸。”不久，叛贼就被晋元帝打败了。

生 笺 单 衣

晋怀帝永嘉年间，士大夫竞相穿着麻布单衣。

有见识的人觉得很奇怪，说："这是古代做丧服用的布，是诸侯为天子服丧时穿的衣服。如今人们无缘无故地穿着这种衣服，怕会有报应吧。"

之后不久，怀帝、愍帝就先后驾崩了。

无 颜 帢(qià)

从前，曹操的军队中无缘无故地做了白色便帽。这种素色、白色的衣服是凶祸、丧亡的象征。

起初，曹操命人横向缝合帽子的前面以与后面区别开，并取名叫"颜帢"，下令全国推行。等到永嘉年间，人们便把前面的横缝省略了，取名"无颜帢"。妇女盘发，十分松散，头发不能牢固地盘在头上，甚至盖到了额头上，只露出双眼而已。

无颜是惭愧的意思，盖住前额，也是惭愧的表现。头发十分松散是指天下人礼义丧失，放纵性情，最终必然会遭受巨大的耻辱。

此后两年，发生了永嘉之乱，四海分崩，庶民遭受悲苦，再无颜面活在世上了。

任乔妻生连体女

晋愍帝建兴四年，洛阳沦陷，晋元帝继承皇位，四海归心。

同年十月二十二日，新蔡县县吏任乔的妻子胡氏，年二十五，生下两个女儿，面对面，肚子和心连在一起，腰以上、肚脐以下各自分开。这大概是天下未能统一的妖兆吧。

当时，内史吕会上书说："据《瑞应图》记载：'异根同体，谓之连理。异亩同颖，谓之嘉禾。'草木如果相连已经是祥瑞之兆，如今二人同心，是天降灵瑞。所以《易经》说：'二人同心，其利断金。'如今吉兆出现在陕东，这是四海同心的吉兆啊。臣不胜自喜，谨把婴儿连心的图画呈上。"

当时，有识之士都嘲笑他。君子说："明白道理是很艰难的事情。像臧文仲这样有才华的人，尚且做了祭祀海鸟这样无知的事，被记载在《国语》上，后人千载不忘。所以人不可不学习。古人有言：'树木没有枝叶就成了病树，人不学习就成了睁眼瞎。'一个人受到蒙蔽，就是他缺少知识的体现。能不努力学习吗？"

淳于伯冤屈

晋元帝建武元年六月，扬州大旱；十二月，河东地震。

前一年十二月，朝廷斩杀了督运令史淳于伯，他的鲜血逆流上柱子，二丈三尺，一会儿又向下流了四尺五寸。

那时候，淳于伯含冤而死，因此大旱三年。妄加刑罚，阴气无处附着，那么就会有阳气大盛的惩罚，而这也应验了淳于伯蒙冤受死的不平之气。

双头牛

晋元帝建武元年七月，晋陵东门有头牛生了小牛犊，一个身子两个脑袋。

京房《易传》说：“牛生子，两个头，一个身子，是天下将要分裂的征兆。”

地震涌水

晋元帝太兴元年四月，西平发生地震，地下有水涌出。同年十二月，庐陵、豫章、武昌、西陵发生地震，地下有水涌出，山体崩塌。

这是王敦以下犯上的征兆。

八足两尾牛

晋元帝太兴元年三月，武昌太守王谅家有头牛生小牛，长两个头、八只蹄、两条尾巴，共用一个身子。母牛生不下来，十几个人用绳子绑住露出来的小牛把它拉出来。最后小牛死了，母牛活着。

此后三年，后苑中有牛生子，一只脚，三条尾巴。小牛一出生就死了。

两头驹

晋元帝太兴二年，丹阳郡郡吏濮阳演家的马生了一匹小马驹，两个头，从脖子往上是分开的。小马驹一出生就死了。

这是朝政受到权贵干预，国有二主的象征。后来，王敦就做出了欺君之事。

武昌大火

晋元帝太兴年间，王敦镇守武昌。

武昌发生火灾，王敦率领军队救火，但是救了这边的火，那边又会烧起来。东西南北几十块地方都有火灾，大火烧了几天几夜。古语所说的“滥灾妄起，虽兴师不能救之”，大概说的就是这样。

臣子越位，冒犯君主，盛阳就会失去制衡。当时，王敦欺君罔上，有目无君主之心，所以才会有这种灾祸。

绛囊缚髻

晋元帝太兴年间，士兵们多用红色的发带束发髻。

有见识的人说："发髻在头上，属于八卦中的'乾'，象征着君道；束发髻的红色发带是囊，为'坤'，是臣道。如今用发带束发髻，是臣道侵扰君道的表现。当时的衣服都做成了上衣短，短至腋下的形式；戴帽子的人，也会把帽子上的带子系在下巴上，这些都是下侵犯上，导致上无处安身的表现。制作的裤子，都是笔直的裤管，没有裤口，也不缩紧，这是下壮大的表现。"

不久，王敦就做出了谋逆之事，二次进攻京城。

仪仗开花

晋元帝太兴四年，王敦驻扎武昌，随行侍卫手执的仪仗上开出花朵，像莲花一般，开了五六天才凋谢。

当时有人说："《易经》有'枯杨生花，何可久也'句。如今花朵开在枯萎的树木上，又是在铃阁之间，意思是富贵的威仪、荣华的盛况都会像疯狂的花朵绽放，但是终不可长久。"

在那之后，王敦因为谋逆之罪被诛杀，死后还要被鞭尸。

长柄羽扇

从前，制作羽扇扇柄的人会将木头雕刻成鸟骨的形状，在扇骨上排列十根羽毛，取全数。起初，王敦南征，将羽扇扇柄改为长柄，下面多出来的扇柄可以握住，并且减羽毛数为八根。

有见识的人对此感到很忧心，说:“羽扇是取鸟儿翅膀为名的。现在将扇骨改为长柄，通过扇柄控制它的羽翼。将十根羽毛改为八根，是以不完备的东西夺取完备的东西。这恐怕是王敦擅权，将要控制朝廷的权柄，还想凭借无德之材窃取非他该有的帝位。”

武 昌 大 蛇

晋明帝太宁初年，武昌出现了一条大蛇，一直住在旧神社里的一棵有树洞的空树里，常常探出头来接受人们赠予的食物。

京房《易传》说：“蛇出现在城邑里，不出三年，就会发生兵祸，国家将有很大的灾难。”不久就发生了王敦谋逆的事情。

搜神记
卷八

舜 手 握 褒

虞舜在历山耕种，在河边的一块石头上得到了玉历。舜知道自己背负天命，于是不知疲倦地体悟天道。舜，天生龙颜大嘴，手中握着褒。

宋均解释说："握褒，手中的'褒'字，是指舜出身劳苦，受到褒奖，得到了天命。"

商 汤 求 雨

商汤攻灭夏朝后，天下大旱七年，洛河水枯竭。商汤在桑林里将自己的身体献祭给上天，他剪掉自己的指甲、头发，把自己当作祭物，向上苍祈福。

于是大雨立即倾盆而至，润泽四海。

吕望钓鱼

吕望（姜子牙）在渭河北岸垂钓。

周文王出游狩猎，占卜师说："今日会收获一只猎物，非龙，非螭(chī)，非熊，非罴(pí)，而是一位帝王师。"

果然在渭河北岸遇见了吕望，周文王与他交谈，极为高兴，文王便载着他一同回宫去了。

武王定风波

武王伐纣，到了黄河边上。暴雨倾盆，电闪雷鸣，天地晦暗，河面巨浪滔天。随行众人都很害怕。

周武王说："有我在这里，谁敢违犯我！"风波瞬间平息了。

孔子梦红雾

鲁哀公十四年，孔子夜间梦见在丰县、沛县边界处的三棵槐树之间，有红色的云雾升起，于是他醒来后让颜回和子夏一同去察看。

他们驾车来到楚国西北部的范氏街上，遇见有小孩在打麒麟，打伤了麒麟的左前足，又用一捆柴草将它盖住。孔子说："孩子过来，你叫什么名字？"小孩说："我姓赤松，名时乔，字受纪。"孔子又说："你看到了什么东西呢？"小孩说："我看到一只怪兽，像獐子，长着羊的头，头上有犄角，角末有肉，刚才往西边跑去。"孔子说："这天下看来已经有主了，是赤刘的，陈和项只是辅佐。金、木、水、火、土五星并入井宿，听从岁星。"

小孩拨开柴草，给孔子看那只麒麟。孔子赶紧快步走过去。麒麟对着孔子蒙住自己的耳朵，吐出三卷图册，宽三寸，长八寸，每卷有二十四个字，主要内容是赤刘将要兴起。上面写道："周朝灭亡，赤气升起，火德兴盛，玄圣孔丘撰写天命，皇帝姓刘。"

白虹化玉

孔子修订《春秋》,编制《孝经》。完成之后,孔子沐浴斋戒,叩拜北极星,向上天禀告。

上天便聚结起茫茫白雾,笼罩地面,一道白虹自天而下,幻化成为一块黄色玉璧,长三尺,上面刻着文字。孔子跪着接受了这块黄璧,读道:“宝玉文字出现,天下刘季在握。‘卯金刀’(刘),在轸星之北。此人字季,天下皆归服于他。”

陈宝祠

秦穆公时期,陈仓有个人挖地时,得到一物,长得像羊却不是羊,像猪又不是猪,他便把这怪物献给了秦穆公。路上遇见两个小孩,小孩说:“这怪物名字叫媪(ǎo),经常在地下吃死人的脑髓。如果想杀死这怪物,可以用柏树枝扎在它的脑子里。”媪说:“这两个小孩,名字都叫陈宝。抓到雄的那个能成帝王大业,抓到雌的能成为诸侯。”

陈仓的那个人便丢了媪去抓那两个小孩,小孩变成雉(zhì)鸟,飞入山林。那人向秦穆公禀报了这件事,秦穆公立马派出大量人马去搜捕，后来果真抓到了雌的那个，只是抓到后的雌雉立马变成了石头。人们便把这石头安放在汧(qiān)水和渭水之间。

等到秦文公时，为它建立了陈宝祠。那只雄的，飞到了南阳。如今南阳郡的雉县就是当时雄雉降落的地方。秦国想要宣扬这一祥瑞，所以以雉县来命名。

每当陈仓县祭祀的时候，有十几丈长的红光从雉县飞来，落到陈宝祠中，发出雄雉殷殷啼叫的声音。后来，汉光武帝就是从南阳兴起的。

邢史子臣的预言

大夫邢史子臣通晓天道。

周敬王三十七年，宋景公问他："上天有什么预兆呢？"他回答："五十年后的五月丁亥日，我就会死去。我死后五年的五月丁卯日，吴国将会灭亡。吴国灭亡后五年，您也会死去。您死后四百年，邾(zhū)国会称王天下。"后来发生的事情果然都像他说的那样。

他所说的"邾国会称王天下"，指的是曹魏会兴盛。邾，曹姓，魏也是曹姓，都是邾国后人。只不过邾国称王天下的年数出了错。不知道是因为邢史子臣没有算准，还是因为年代久远，记录的人传错了。

荧惑星

三国时，吴国建国初期，威信不够稳固，因而在边疆驻守的将士需要将自己的妻子孩子留在都城做人质，称为“保质”。小孩们因为有着相同的身份和经历，所以总是聚在一起玩耍，每天都能聚集十几个孩子。

孙休永安三年二月，有一个奇怪的孩子，身长四尺有余，年纪六七岁，穿着青色衣服，忽然来到一群孩子中间一起玩耍。孩子们都不认识他，问他：“你是谁家的小孩，怎么今天忽然来这儿？”那孩子回答说：“我看到你们一起玩耍，所以我就来了。”仔细端详那孩子，发现他眼里光芒闪烁，灿亮地向外发散。孩子们害怕了，又问他是从哪里来的。那孩子回答说：“你们都害怕我吗？我不是人，我是荧惑星。我想告诉你们，国家政权终将归于司马氏。”

孩子们大吃一惊，有人跑回去告诉自己的家长。家长们跑过来看时，那孩子说：“我要离你们而去了。”忽然纵身一跳，就跃入天空了。人们抬头看他，只见他驾着一条白练悠然升天而去。有一些跑过来的大人，还能来得及看见他。他越飞越高，顷刻就不见了。

当时吴国政局紧张，人们不敢宣扬此事。四年以后，蜀国灭亡，六年后曹魏废绝，二十一年后吴国被平定，最终司马氏掌握了天下。

戴洋梦见仙人

都水官马武举荐戴洋担任都水令史。戴洋有急事告假还乡，将要前往洛阳，梦见有神仙对他说:“洛阳很快就要衰败了，人们都会往南逃生，再过五年，扬州肯定会出一位天子。”

戴洋信了他的梦，便不去洛阳了。后来发生的事情都跟他梦到的一样。

搜神记
卷九

应寡妇见神光

后汉中兴之初，汝南郡有个姓应的女子生了四个儿子后就成了寡妇。白天有神光照进土地庙里，应妪(yù)见了这光，便去问占卜师，占卜师告诉她：“这是天降祥瑞啊，你的子孙将要兴盛了。”

应妪在神光照耀的地方挖到了黄金。从那时候起，她的子孙治学做官，很有才名。到了应玚(yáng)一代，他们家已经七世显贵了。

冯绲(gǔn)见赤练蛇

车骑将军冯绲，巴郡人，字鸿卿，最初担任议郎一职。他打开装有印绶的箱子时，发现箱子里有两条红色的蛇，大约两尺长，分别向南北两个方向游走了。他当时觉得很害怕。

许季山的孙子许宪，字宁方，得到了其祖先占卜的秘术要领。冯绲便请他为自己占卜，许宪说：“这是吉兆啊。您接下来的三年，会担任边疆将领，领地在东北方向四五里的地方，官号中会有‘东’字。”

此后五年，冯绲追随大将军南征北战，不久就被任命为尚书郎、辽东太守、南征将军。

张颢(hào)破金印

常山张颢担任梁州牧。

一天雨后，有只像山鹊一样的鸟飞到集市上，忽然掉在地上。人们争相去捡，忽然那鸟就变成了一颗圆石。张颢用锥子将石头凿破，得到了一枚金印，上面写着："忠孝侯印。"张颢把这件事上报到朝廷，皇帝把金印藏在秘府中。

后来议郎汝南郡人樊衡夷向皇帝建言说："尧舜时期就有此官职。如今天降官印，应该是重新设置这个官职的意思。"后来张颢官至太尉。

张氏传金钩

京兆长安有个张氏，一人独居。有天，一只鸠鸟从外面飞入他家，落在他的床上。

张氏对它祝祷说：“鸠鸟啊，如果我将有祸事，你就飞到房梁上去；如果我将有好事，你就飞入我怀中来。”于是鸠鸟飞入他怀中。他用手去抚摸鸠鸟，不知鸠鸟到哪里去了，只摸到一只金钩。张氏便对这只金钩视若珍宝。

从此，张家子孙渐渐富裕起来，家财增加了万倍。

蜀国的一个商人来到长安，听说了这件事，便重物贿赂张家的婢女，婢女为他偷来了那只金钩。张家丢失金钩后，渐渐衰弱，而那位蜀国商人也遭遇了无数祸事，渐渐穷困，那金钩并不能为他所用。有人对他说：“这是天命，不可强求。”

于是，他又将金钩还给了张家，张家又昌盛起来。这就是关西流传的张氏传金钩的故事。

何比干得符策

汉代征和三年三月，天降大雨。何比干在家里午睡时，梦见贵客的车马挤满了他的门庭。醒来后，他将这事告诉了妻子。

话没说完，门口就出现了一位老妇人。那妇人大约八十多岁，满头白发，请求到他家中避雨。外面雨很大，这妇人的衣服却沾雨未湿。

雨停了，何比干将老妇人送到门口，老妇人对他说："你积有阴德，现在上天赐给你符策，使你的子孙都广受福泽。"

于是老妇便取出怀中的符策，像竹筒，长九寸，总共有九百九十根，全都送给了何比干。妇人又说："你子孙接受的官职印绶，都会和这符策一样多。"

魏舒听神语

魏舒，字阳元，任城县樊邑人。

他年少时失去了父母，曾到野王县去，恰逢主家的妻子夜里生产。一会儿，他就听见有车马的声音，车里的人在互相说话，其中一人问道："是男孩还是女孩？"另一个人回答："男孩儿。你记下来，这孩子十五岁的时候会因兵器而死。"然后又问："那睡着的人是谁？"另一个人回答说："是魏公舒。"

十五年以后，魏舒再次拜访主人，问他们当年生下的孩子现在在哪里。主人回答说："在采桑的时候，被斧头误伤死去了。"魏舒由此便知道自己将会官居三公。

贾谊写《鹏鸟赋》

（鹏 fú）

贾谊任长沙王太傅，四月庚子日，有只鹏鸟飞进他家，落在他的坐垫旁，很久才离去。

贾谊翻书占卜此事，书上说："野鸟飞入门庭，主人将要死去。"贾谊十分忌讳此事，便写了篇《鹏鸟赋》，表示生死祸福都是同等的东西，以此来表明自己坚定的志向。

翟宣的鹅灾

王莽摄政，东郡太守翟义知道他将要篡取汉朝王权，计划兴兵讨伐王莽。

他的兄长翟宣是传道授业的老师，桃李满园。他家院子里有几十只鹅雁，有只狗忽然从外面跑进来咬鹅，鹅全部被咬死了。人们惊呼奔走来救鹅，但是鹅的头都被咬断了，狗也逃出去了，人们怎么找都找不到。

翟宣认为此事大恶。没几天，王莽就诛杀了翟家三族。

公孙渊的凶兆

魏国太傅司马懿平定了公孙渊，斩杀了公孙渊父子。

在这之前，公孙渊家几次三番发生怪事。有条狗戴着帽子，穿着红色衣裳跑上了屋顶。又忽然有个孩子在甑(zèng)中被蒸死了。

襄平县北面一个集市上，长出肉团来，长宽都有好几尺，还长着头、眼睛、嘴巴，没有手脚却能摇晃。

占卜师说："有形却不成人，有身子却不能出声，这个国家将要灭亡。"

诸葛恪(kè)遇害

吴国诸葛恪征战淮南归来，上朝前夜，他觉得心绪不宁，一夜未眠。他穿戴好衣帽准备出门，家中的狗咬住他的衣服。诸葛恪说："你不想让我出门吗？"于是他回到屋中坐下。过了一会儿，又起身准备出门，狗又咬住了他的衣服。诸葛恪让人将狗赶走。结果他一进宫就被杀了。

他的妻子在家中对婢女说："你身上怎么有这么重的血腥味？"婢女回答说："没有啊。"过了一会儿，气味儿更重了。

她又问婢女："你双眼看东西怎么跟平时不太一样？"

那婢女忽然跳了起来，一头磕在了柱子上，胡乱挥舞手臂，咬牙切齿地说："诸葛公被孙峻杀死了。"

全家老少由此便猜到诸葛恪已经死了。很快，抓捕的官兵就来了。

邓喜射人头

吴国戍边守将邓喜杀猪祭祀神灵，祭祀完毕，把猪头挂了起来。

忽然他看见有个人头在吃猪肉，邓喜便拉弓射中了那颗人头。人头发出"咋咋"的声音，那声音绕梁三日才消散。

后来有人告发邓喜谋反之事，邓喜全家都被诛杀了。

贾充失踪之谜

贾充讨伐吴国时，曾驻兵项城。有一天，军中忽然找不到贾充踪影。贾充帐下都督周勤白天睡觉时，梦见有好几百人押着贾充走在一条小路上。

周勤惊醒，听闻贾充失踪了，便出门去寻找。忽然他看见了梦里遇见的那条道路，便走过去找。果然他看到贾充走到了一处府第，里面有很多侍卫，府公面向南坐着，神情严肃，对贾充说：“将来祸乱我家事的，一定是你和荀勖(xù)。你们已经迷惑了我的儿子，还想祸害我的孙子。我暗中派任恺(kǎi)罢免你的官职，你却不肯离去。让庾纯辱骂你，你也不知悔改。现在吴国已经被平定，你才进谏要斩杀张华。你做的多是这些愚昧的事情，如果你还不知悔悟，我迟早会杀了你。”贾充一直磕头，额头上磕出了血。

府公又说：“你之所以苟延性命并享有这样的功名利禄，不过是因为你保卫相府的功劳。但你的子嗣还是要死在钟架之间，你的女儿会因金酒而死，你的小儿子会被困在枯木下死去。荀勖的下场也是一样。不过因为他先辈的恩德，所以才会在你后面得到报应。几代以后，他的封土和子嗣也会被废替。”府公说完话就让贾充回去了。

贾充忽然回到军营，面色憔悴，精神错乱，过了几天才恢复。后来，贾谧死在了钟下，贾后服金酒而死，贾午被抓捕杖毙，都和府公说的一样。

庾亮厕所遇怪物

东晋时大臣庾亮，字文康，鄢(yān)陵人，镇守荆州。

一天，庾亮如厕，忽然看见厕所里有个怪物，像是传说中的“方相”。它双目赤红，浑身闪着光芒，慢慢从土中出来。庾亮挽起袖子，用拳头去打它。他打中怪物，怪物发出声音又缩回地下。后来他就卧病在床了。

有个叫戴洋的术士说：“过去，苏峻造反的时候，你曾到白石祠中祈福，许诺会杀牛来谢神，但你始终也没有兑现自己的诺言，所以才会被这只鬼缠上，现在已经无药可救了。”

来年，庾亮果然死了。

刘宠门前的血

东阳刘宠，字道弘，家住湖熟县。每天夜里，刘宠家门前都会有几升血，不知是哪儿来的，几次三番都是如此。

后来刘宠被任命为折冲将军，被派北征。临行前，家中煮的米饭都变成了虫子。他的家人做的菜也都变成了虫子。火烧得越旺，那些虫子越肥壮。

刘宠北征，兵败坛丘，被徐龛杀了。

卷十

邓皇后梦见天梯

东汉和熹邓皇后曾梦见自己登上天梯，触摸到天体。天体广阔平坦，清凉滑润，有如钟乳石垂下，她便抬头去吮吸。

后来，她让人为此梦占卜。占卜师说："尧曾梦见自己攀天而上，商汤梦见自己碰到了天还去舔它，这些都是成为圣王的预兆。您的梦，不可用语言表达。"

孙坚夫人梦日月入怀

东汉末年，孙坚的夫人吴氏怀孕的时候，梦见月亮飞入自己怀里，后来生了孙策。

等她怀着孙权的时候，又梦见太阳飞入她怀中。她把这事情告诉孙坚，说："我过去怀着孙策的时候，梦见月亮入怀，现在又梦见太阳，这是什么缘故？"

孙坚说："日与月是阴阳之精，是极其显贵的象征。我们的子孙将要兴盛了！"

蔡茂梦见三穗

东汉蔡茂字子礼，河内郡怀县人。

起初在广汉郡时，他梦见自己坐在大殿上，大殿房梁上有三支禾穗。蔡茂拿到了中间那支，但很快又失去了。他拿此梦问主簿郭贺。

郭贺说："大殿是官府的象征。梁上有禾穗，是官职中较高的俸禄。拿到中间那支，是中台的象征。从字的构成来看，'禾'与'失'合在一起是'秩'。虽说梦里是失去了，实际上却是得到俸禄。若是三公有缺，您一定会补位的。"

十天半月后，蔡茂果然被调到京城去了。

张车子的钱

周擥（lǎn）啧为人安贫乐道。

他与妻子夜间耕种，累了就躺在地上睡着了。他们梦见天公路过，怜悯他们，命令下属给予他们一些钱物。司命翻查文书说："这个人面相贫穷，最富裕也不过如此了。只有个叫张车子的应得千万家财，现在这张车子还没出生，可以借一些钱给他们。”天帝说：“好。”

天亮梦醒，夫妻二人提到此事。于是夫妻两人更加勤奋劳作，夜以继日，做什么事情都能得到回报，很快便家财万贯了。

之前有个姓张的女人在周家做奴工，与人野合而有了身孕。十月将满，快要生育了，便被主人遣送出去，一直住在车子底下，生了一个儿子。主人前去探望，可怜她孤苦贫寒，便做了肉糜给她吃。主人问她：“你的孩子应当起个什么名字呢？”张氏说：“今天在车子底下生下他，梦见天帝告诉我，这孩子名为车子。”周擥啧忽然有悟：“我之前梦见从天帝那里换钱，天帝另外借了张车子的钱给我，想来必是这个孩子了。我的钱应该还给他了。”

从那以后，周家的钱财日益减少。张车子长大后，比周家还要富裕。

审雨堂

夏阳乡的卢汾，字士济。他梦见自己进入蚁穴，看到了三间屋子，高大、宽敞。他便为这房子题写了一块匾额，名叫“审雨堂”。

刘卓的火烤衫

吴国选曹令史刘卓得了很严重的病，病中梦见有人拿了件白越布做的单衣送给他，说：“你穿这件单衣，穿脏了只要用火烤一下就干净了。”

刘卓醒来，发现果然有件单衣放在枕席边。他穿脏后用火一烤，果然就变得干干净净。

刘雅的腹痛

淮南郡书佐刘雅，梦见一只绿色的蜥蜴从房梁上掉下来，掉进了他的肚子里，于是他就得了腹痛的毛病。

张奂妻梦见官印

后汉张奂是武威郡太守。他的妻子梦见自己带着丈夫的官印爬上高楼歌唱。醒来后，她将这事告诉了张奂。张奂令人占卜，占卜师说：“夫人将会生一个男孩儿，这孩子会统领这个郡，但他的命最终会结束在这城楼上。”后来张奂之妻生下儿子张猛。

建安年间，张猛果然担任武威郡太守。他杀了刺史，邯郸商州官兵四处围捕。张猛耻于被擒捕，于是登上城楼，自焚而死。

灵帝梦见桓帝

汉灵帝梦见汉桓帝生气地对他说：“宋皇后有什么罪过？你听信妖言，要了她的性命。渤海王刘悝(kuī)已经自贬，你还要诛杀他。如今宋皇后和刘悝向上天诉冤，天帝震怒，你的罪过已经难以救赎。”

这个梦境十分真实，汉灵帝醒来后觉得很害怕，不久就驾崩了。

吕石梦见归期

吴国时期，嘉兴县的徐伯始生病了，让道士吕石来安放神座。吕石有戴本、王思两个弟子，居住在海盐县。徐伯始迎接他们来帮助吕石。

吕石白天睡觉，梦见自己来到天上北斗门下，看见门外有三匹配好鞍鞯(jiān)的马，又听到北斗星君说：“明天应当用其中一匹马去接吕石，一匹去接戴本，还有一匹去接王思。”

吕石梦醒，对戴本和王思说：“若我的梦境成真，那么我们的死期就快到了，应该快快回去，与家人道别。”他们还没安置完神座就急急忙忙走了。徐伯始觉得很奇怪，就挽留他们，他们回答说：“怕自己再不回去就再也见不到家人了。”

隔天，三个人同一时间死去了。

谢郭同梦

会稽郡谢奉与永嘉郡太守郭伯猷(yóu)交好。谢奉忽然梦见郭伯猷和他人在浙江的一艘船上争赌博的钱，因为遭到水神的责罚，掉进水里淹死了，自己将料理郭伯猷的后事。

等他梦醒，便前往郭伯猷的住处，与他一同下棋。过了很久，谢奉说：“你知道我为何而来吗？”于是便讲述了自己的梦。郭伯猷听了他的话，怅然地说：“我也梦见自己跟人争钱，和你梦到的一样。为什么会这么清楚呢？”

一会儿，郭伯猷起身如厕，立马倒地断了气。谢奉为他料理丧事，一切都同梦中一样。

徐泰梦中求情

嘉兴县的徐泰，年幼时就失去了父母，由叔父徐隗抚养长大，叔父待他比自己的亲生孩子还好。

徐隗生病了，徐泰照顾他很是用心。当天夜里三更，徐泰梦见有两个人带着个箱子，乘着船来到徐泰床头，打开箱子，拿出一卷文书对他说：“你的叔父应该死了。”徐泰立马在梦中向他们磕头求情。

过了很久，那二人说：“你们县是否有同名同姓的人呢？”徐泰想了一会儿，对着二人说：“有个人叫张隗，但不姓徐。”二人说：“勉强可以让他代你叔父去死，我们顾念你能够照料你的叔父，会为你救活他。”说完，二人就不见了。

徐泰醒来，他叔父的病已经好得差不多了。

搜神记
卷十一

熊渠子射虎

楚国熊渠子夜间行走，看到一块卧石，以为那是一只卧着的猛虎，便引弓射它。箭头没入石头中，箭上的羽毛都擦掉了。他下马走过去看，才知道是一块石头。于是又拉弓射它，箭折了，甚至没能在石头上留下一点痕迹。

汉朝又有李广担任右北平太守，拉弓射虎，射中的是一块石头，也像熊渠子一样。

刘向说："精诚所至，金石为开，更何况是人呢。你倡议，别人不附和；你行动，别人不跟随，那你一定有什么不完善的地方。要想不尊贤礼士就匡正天下，那就只能先修行自己的内心。"

养由基与更羸(léi)

楚王在苑中游览，有只白猿也在那里。楚王命令擅长射箭的人去射杀它，连发数箭都被那白猿接住了。白猿讥笑楚王，楚王便命养由基去。养由基刚拉满弓，白猿就抱着树哭起来。

等到六国时期，更羸对魏王说："我能拉虚弓，不放箭就能让天上的鸟掉下来。”魏王说：“你的箭术已经高超到这种地步了吗？”更羸回答：“是的。”

过了一会儿，听闻有大雁从东方飞来，更羸虚拉一弓，就有一只鸟从天上掉下来了。

古冶子杀鳖

齐景公渡长江和沅江时，有只大鳖将他左边的骖(cān)马衔进水里，没了踪影。在场的众人都很震惊。

古冶子便拔剑跟着那只大鳖，在河中斜行五里，又逆行三里，来到砥柱山下面，把大鳖杀死了。他左手拿着鳖的头，右手牵着那匹马，身轻如燕，一跃而出。他仰天长啸，河水都为他逆流三百步。

看到的人都以为他是河伯。

三 王 墓

楚国干将、莫邪(yé)为楚王铸剑，三年才成。楚王震怒，想要杀了他们。宝剑共有雌雄两把。干将的妻子莫邪当时怀有身孕，临近生产。干将对莫邪说：“我们为楚王铸剑，三年才铸成，楚王震怒。我去送剑，他一定会杀了我。你如果生下的是儿子，等他长大了，就跟他说：‘走出家门，看见南山，有一棵松树长在一块石头上，剑就在它的背后。’”然后他就带着雌剑去拜见楚王。

楚王盛怒，命人相剑。那人说剑有两把，一把雄剑，一把雌剑。如今送来的是雌剑，雄剑没有送过来。楚王大怒，立马杀了干将。

莫邪的孩子名字叫赤比，长大后，问他的母亲：“我的父亲在哪里？”莫邪说：“你的父亲为楚王铸剑，三年才铸成，楚王生气了，便杀了他。他临走前嘱咐我：‘跟孩子讲：离开家门，往南山走，有棵松树长在石头上，剑就在那棵树后面。’”于是，赤比就离开家门，他向南看，没看见有山，但见堂屋前的松木柱子在石砥之上，便用斧头劈开柱子背面，得到了剑。赤比日夜都想着找楚王报仇。

楚王梦见一个孩子，双眉间有一尺宽，扬言要报杀父之仇。楚王立马下令要重金悬赏他的人头。赤比听到这个消息，立马逃走了，隐没山中，一边走一边哀歌。路上遇见一个侠士，问他：“你年纪轻轻的，怎么会哭得如此悲痛？”赤比说：“我是干将、莫邪的儿子。楚王杀了我的父亲，我想找他报仇。”侠士说：“听说楚王悬赏一千两黄金要买你的人头。你把你的头和剑给我，我为你报仇。”赤比说：“我很愿意。”

赤比当即自刎，双手捧着自己的头和剑给那人，僵硬地站着。侠士说：“我不会辜负你的。”尸体这才倒下去。

侠士带着赤比的头去拜见楚王，楚王大为高兴。侠士说：“这是勇士的头颅，应该把它放到锅里去煮烂。”楚王听从了他的话。煮了三天三夜，头都没有烂掉，还从汤里跳出来，瞪着双眼，怒气冲天。侠士说：“这孩子的头煮不烂。请大王亲自到锅边来看看，那头一定会烂掉的。”楚王走到锅边，侠士立马拔剑砍向楚王，楚王的头掉进了汤锅里。侠士又砍掉自己的头，也掉进了锅中。

三颗头颅都被煮烂了，不能分辨彼此。大家只好把汤和肉分开来埋葬，并统一名称叫“三王墓”。墓在现今的汝南郡北宜春境内。

贾 雍 断 头

汉武帝时期，苍梧郡的贾雍担任豫章郡太守，他有法术。

一次他出境讨伐贼寇，反被贼寇杀死，失去了自己的头颅，他的身子骑马回到军营里，大家都围过来看贾雍。贾雍用胸腹说话，道："战事不利，我被贼寇打伤。各位看我是有头好呢，还是没有头好呢？"官兵们都哭着说："有头好啊。"贾雍回答说："不是这样吧。我觉得没有头也是好的。"

话音刚落，他便倒地而亡。

断 头 女 说 话

渤海郡太守史良与一女子相好，女子答应嫁给他却一直未嫁。史良生气了，杀了那女子，把她的头砍下来带回去，扔在灶台下面。他说："就应该把你烧了。"那颗头回话说："我一直与使君您相好，怎能想到会这样？"

后来，史良梦见那女子对他说："把你的东西都还给你。"醒来后便得到了当初送给那女子的香囊、金钗之类的东西。

苌(cháng)弘化碧玉

周灵王时期，苌弘被诛杀，蜀国百姓把他的血收集起来。三年后，他的血化成了碧玉。

东方朔用酒消患

汉武帝东游，还未出函谷关，遇见有个身长数丈的怪物挡在路中间。它的形状像牛，眼睛是青色的，瞳孔是黑色的，四只脚陷在土里，身子乱动但并不移动位置。随行百官都震惊不已。东方朔请求用酒来浇灌这只怪物。浇了大概十斛酒后，怪物消失了。

汉武帝问他缘故。他回答说：“这怪物名字叫‘患’，是怨忧之气凝聚而生。这里一定是秦国的监狱故地，如果不是的话，就是罪犯集中服役的地方。人说酒能忘忧，所以这怪物才能消失。”

汉武帝听了，说：“啊，你真是博学之士，连这个都能知道！”

谅辅以身求雨

后汉谅辅，字汉儒，广汉郡新都县人。年少时担任佐吏，为官清廉，不受人一粥一饭。后来担任从事，大小事都亲自过问，郡县的百姓都很敬重他。

当时，夏天干旱，太守站在院子里暴晒自己，但天仍不下雨。谅辅以五官掾的身份向山川祈祷，发誓说："我谅辅是郡县里的股肱之臣，我不能直言进谏，接纳忠良，推举贤士，打击恶人，调和百姓，才使得天地隔绝，万物枯槁，民不聊生，无处诉苦，过错都在我。如今郡里的太守反思己过，自己暴晒在院子里，让我来向上苍谢罪，为万民祈福。心诚意切，却不能感动上苍。谅辅在此发誓：如果到了中午还不下雨，请用我的生命来抵罪。"于是便堆积柴火，准备自焚。

等到当天中午，山间云气沉沉，电闪雷鸣，风雨大作，整个郡县都得到了雨水的滋润。大家都称赞他的诚恳之心。

何敞的神术

何敞是吴郡人，年少时爱好道术，隐居。

乡里大旱，万物枯槁，民不聊生。太守庆洪派户曹掾拜访他，奉上官印，想让他来管理无锡县。何敞没有接受。等户曹掾走后，他叹息着说："郡县有灾，我又怎么能安心修道呢？"于是他跋山涉水，回到县里，住在祭祀南斗星的祠庙里。等到蝗虫都消灭了，他才悄悄离开。

后来，有人举荐何敞担任方正、博士，他都没有接受，最终老死在家中。

徐栩（xǔ）不治蝗灾

后汉的徐栩，字敬卿，吴郡由拳县人。年轻时他担任狱吏，执法细致公正。

他担任小黄县县令时，临近的县里发生蝗灾，田里连根草都不长。蝗虫路过小黄地界，转眼就飞走了，从不聚集。

刺史巡查斥责徐栩不治理蝗灾，徐栩弃官，蝗虫闻声而至。刺史向他赔罪，请他回来，蝗虫便立马飞走了。

枝江白虎墓

王业，字子香，汉和帝时期担任荆州刺史。他每次出去巡视时，都要斋戒沐浴，向天地祈祷，以启示和帮助自己愚钝的心智，不要做出什么冤枉百姓的事情。

他在荆州七年，仁爱风气盛行，从未发生暴虐邪恶之事，山中连豺狼都没有。他后来死在枝江，有两只白虎低着头，垂着尾，日夜守护在他身边。等他的丧事完毕，两只白虎便离开荆州地界，忽然不见了。

百姓们共同为他立石碑，上面写着：枝江白虎墓。

葛祚碑

三国时，吴国人葛祚担任衡阳太守。

郡里有一条大木筏横卧在江水中，常兴风作怪。百姓为此建立了祠庙。路过的人到庙中祭拜祈祷的话，木筏就会沉到水里去；如果不祭拜，木筏就会漂上来，船就会被它损坏。

葛祚离任前准备了许多大斧子，想为百姓除去这一麻烦。第二天他们就要到江上去，但当天夜里，有人听见江上有喧嚣的人声。前去一看，发现木筏自己漂走了，沿着江水漂了好几里，停在江湾中。

从此，路过这里的人再没有沉船的忧虑了。衡阳百姓为葛祚立了石碑，上面写着“正德祈禳，神木为移”。

曾子的孝心

曾子跟随孔子在楚国游历，忽然心头一痛，便告别孔子回去了。

他问他母亲缘故，母亲回答：“我很思念你，所以咬伤了自己的手指。”

孔子说：“曾参很孝顺，所以他能在万里之外感应到母亲的思念。”

周畅造义冢

周畅性情仁爱慈善，从小就很孝顺，他与母亲一同居住。每次离家，母亲想叫他，常常咬自己的手指头，周畅便会感觉到手指痛，然后便匆忙回来。

郡里的从事不相信此事，趁着周畅在田里干活的时候，让他的母亲咬自己的手指，果然周畅立马就回来了。

元初二年，周畅担任河南尹，适逢夏天大旱，人们祈雨却很久都没有得到回应。周畅收集洛阳城旁一万多流民的尸体，将他们安葬，为他们建立义冢，天上立刻下起了暴雨。

王祥卧冰

王祥,字休征,是琅琊人,性情纯孝。他年幼便失去了母亲，继母朱氏并不慈爱，多次说王祥坏话，因此王祥也失去了父亲的宠爱。父亲经常让他去打扫牛棚。

后来父母生病了，王祥衣不解带地照顾他们。继母想吃生鱼片，但当时天寒地冻，河水结了冰，王祥便解开自己衣服，想要破冰捉鱼。冰忽然自己融化了，一双鲤鱼从水里跳了出来，他就带着鱼回去了。继母又想吃烤黄雀，立马就有几十只黄雀飞进王祥的帐内，于是他把黄雀烤了给继母吃。

乡里的百姓都很感慨，认为这些奇事都是因为王祥的纯孝感动上苍才发生的。

王延至孝

王延性情纯孝。他的继母卜氏曾在寒冬腊月的时候想吃生鱼片，让王延去找。他没找到，回来便被继母杖击直到流血。

王延找到汾水河边，一边拍着冰面一边哭泣。忽然有条五尺长的鱼儿跃出冰面，王延便把它带回去给继母。卜氏吃了好几天都没吃完。于是她心有所悟，从此像抚养自己的亲生儿子一样抚养王延。

楚僚卧冰

楚僚幼年时失去了母亲，他侍奉继母十分孝顺。

继母得了痈肿病，面容一天比一天憔悴。楚僚便自己用嘴一点一点为她吮吸，瘀血被吸出来了。当天晚上继母终于能够安睡。她梦见一个小孩子对她说：“你要是能找到鲤鱼吃，你的病差不多就可痊愈，还可以延长寿命。不然的话，不久之后你会死去。”

继母醒来后将这梦告诉了楚僚。当时正是十二月，河水都冻成了冰，楚僚仰天哭泣，脱去自己的衣服躺在冰面上。有个童子过来敲打楚僚躺着的地方，冰面忽然就打开了，一双鲤鱼从水里跳了出来。楚僚带着鱼回去给继母吃，继母的病很快就痊愈了，一直活到了一百三十三岁。

大概是因为楚僚的孝义感动天神，才会有这样的福报。这事与王祥、王延的事情差不多。

盛彦的哭泣

盛彦，字翁子，广陵人。他的母亲王氏因为疾病而失明，盛彦亲自奉养母亲。母亲吃饭，他一定亲自喂饭。

他的母亲失明很久了，经常因为心情不好而打骂婢女。婢女怀恨在心，听说盛彦将要短暂出行，便将蛴螬(qí cáo)烤了给他母亲吃。母亲吃了，觉得味道甘美，但疑心这不是人吃的食物，就偷偷藏起来准备以后给盛彦看。

盛彦看了以后，抱着母亲号啕大哭，甚至都哭晕了过去。等他醒来之后，他母亲的眼睛忽然睁开，从此就复明了。

蚺(yán)蛇胆

颜含，字宏都，他的二嫂樊氏因为生病而失明了。医生开了很少见的方子，需要用到蚺蛇胆。可是他千方百计寻找也找不到这种蛇。颜含为此忧叹不已，大白天一个人独坐不语。

忽然有个青衣童子，年龄十三四岁的样子，把一个青囊送给了颜含。颜含打开来一看，是蚺蛇胆。童子转眼间已经走到门外，化作一只青鸟飞走了。

他拿到蛇胆，制成了药，二嫂的病很快就痊愈了。

郭 巨 埋 儿

郭巨是隆虑县人，也有人说是河内郡温县人。他家兄弟三人，早年丧父。丧礼完毕后，两个弟弟要求分家产。家里只有两千万钱，两个弟弟一人拿走一千万。郭巨夫妇便只好与母亲一起居住在旅店里，夫妻二人通过给人干活来赡养母亲。

过了一段时日，妻子生下一个男孩。郭巨想：养育孩子就无法赡养母亲，这是其一；老人得到吃的，喜欢留给孙子吃，自己的食物就变少了,这是其二。于是他在荒郊野外挖了个坑，准备将孩子埋了。可是他挖到一个石盖，石盖下有一坛黄金，里面还有一张丹书纸条，上面写着："孝子郭巨，这一坛黄金，是赐给你的。"

于是，郭巨的孝名传遍天下。

刘 殷 神 遇

新兴郡的刘殷，字长盛，七岁时父亲死了。他哀伤过度，丧礼也超出寻常。服丧三年来，他从没笑过。

他侍奉曾祖母王氏，曾在夜里梦见有人对他说："西面的篱笆下有粟米。"他醒来后去挖，果然挖到了十五钟粟米。钟上的铭文是："够吃七年的百石粟米，是赐给孝子刘殷的。"他们一家人从那时开始吃这些粟米，一直吃了七年才吃完。

等王氏死的时候，刘殷夫妇二人因居丧过哀，几乎危及性命。当棺材将要入土，西边邻居家失火，风使得火势越来越大。刘殷夫妇一边拍打棺材一边哭泣，火便熄灭了。

后来有两只白鸠在他家院子里的一棵树上筑了巢。

杨伯雍种玉

杨伯雍是洛阳县人，原本以介绍买卖为业。他十分孝顺，父母死后，他将父母安葬在无终山，然后在山上安了家。

无终山高八十里，山上没有水源。杨伯雍就到山下挑来水，然后在山上设置了一个免费的供水点。这样，路过的人都有水喝了。三年后，有个人来这儿喝水，将一斗石子送给他，让他到无终山最高最好又有石头的平地上把这些石子种下，说："会长出玉的。"杨伯雍尚未娶妻，那人又说："你以后会娶到好媳妇儿的。"话音刚落，那人就不见了。杨伯雍把石子种下，几年间，他常常去看，看到果然有玉长在石头上，而别人都不知道。

有个姓徐的人，是右北平郡的大户人家，家中有个女儿，品行很好。当时很多人上门求亲，徐公都拒绝了。杨伯雍便试着去向徐公提亲，徐公哈哈大笑，以为杨伯雍疯了，于是便戏弄他说:“你要是能拿来一双白玉璧作聘礼，我就把女儿嫁给你。”杨伯雍便到种玉的田里，采到五双白玉璧，把它们当作聘礼。徐公大惊，便把女儿嫁给他为妻。

天子听说了这件事，觉得很神异，就任命杨伯雍做了大夫，还在种玉的田的四角竖了四根大石柱，各有一丈高，给中间的那一顷地取名“玉田”。

衡 农 梦 见 老 虎

衡农，字剽卿，东平郡人。

衡农年幼丧母，侍奉继母十分孝顺。曾在别人家借宿，当天夜里屋外雷鸣风狂，衡农数次梦见有老虎啃咬他的脚。衡农喊他的妻子一起出门来到院子里，磕了三个头。屋子这时突然塌了，压死了三十多个人，只有衡农夫妇幸免于难。

罗威暖席

罗威，字德仁，八岁时父亲死了，他侍奉母亲十分孝顺。

母亲七十岁了，屋外天寒，罗威常常用自己的身体焐热床铺，然后再让母亲睡下。

孝子王裒(póu)

王裒，字伟元，城阳郡营陵县人。

他的父亲王仪，被晋文帝司马昭杀死了。王裒在父亲的墓旁搭建一座茅庐，早晚常到墓前跪拜，扶着坟墓旁边的柏树痛哭。他的眼泪落到树上，树都为此而枯。

他的母亲向来害怕打雷，母亲死后，每逢打雷，他就会在墓边说："王裒在这儿呢。"

白鸠郎

郑弘调任临淮郡太守，郡里百姓徐宪在家服丧致哀时，有白鸠鸟在他家屋子的房檐上筑巢。

郑弘举荐徐宪担任孝廉，朝廷称徐宪为“白鸠郎”。

东海孝妇周青

汉朝时期，东海郡有个孝妇恭敬侍奉自己的婆婆。婆婆说：“媳妇儿赡养我很勤快辛苦，我老了，怎么能因为自己这所剩无几的生命而连累年轻的媳妇儿呢？”于是，她上吊自杀了。她的女儿报官说：“是那个媳妇儿杀死了我的母亲。”官府把孝妇抓捕关押起来。狱卒十分狠毒地拷打孝妇，她经受不住这种折磨，屈打成招了。

当时，狱吏于公说：“这个女人侍奉她的婆婆十多年，因为孝顺而远近闻名，她不可能杀死自己婆婆。”但太守没有听取他的话，于公争辩也没有结果，只能抱着供词哭着离开府衙。从那以后，郡里大旱，三年未曾下雨。

新太守继任，于公说：“孝妇不该死的，前太守害她冤死，这就是造成天灾的原因。”新太守立马赶到孝妇的坟前祭祀，为她的坟墓立了一块义碑。天上立马下起了大雨，这一年秋天全郡获得了大丰收。

长辈们传说：“孝妇的名字叫周青。周青快要死的时候，押解她的车子上插着一根十丈高的竹竿，上面挂了五条长旛(fān)。周青对着百姓们发誓：‘我周青若是有罪，那我被杀死的时候，血水会顺流而下；如果我死得冤枉，我的血会逆流而上。’等到行刑完毕，她的血是青黄色的，沿着竹竿逆流而上，沾到了长旛上，又顺着长旛流淌下来。”

叔先雄寻父

犍(qián)为郡的叔先泥和有个女儿叫叔先雄。永建三年，叔先泥和担任县里功曹，县长赵祉派遣叔先泥和带着文书去拜访巴郡太守。他十月份乘船出发，在城外河水湍急的地方掉进水里死去了，尸体也没能找到。叔先雄痛哭哀号，悲伤得甚至不想再活下去。她让弟弟叔先贤和弟媳抓紧寻找父亲的尸体。“如果找不到，我就自己跳进河里去找。”

当时叔先雄二十七岁，有两个儿子，长子贡才五岁，次子贳三岁。她给他们各自绣了一枚香囊，在里面装了金珠，预先挂在他们的脖子上。她一直痛哭不止，家里人都为她感到担忧。

至十二月十五日，父亲的尸体还没有找到。叔先雄乘着小船来到父亲落水的地方，哭了一会儿后，她竟然真的跳进河里去了，顺着水里的漩涡沉入水底。她托梦给她弟弟说："等到二十一日，我会和父亲一同从水里出来。"等到了那天，一切都和梦中说的一样，叔先雄搀扶着父亲一起出现在江中。

县长向郡太守肃登奏报了此事，郡太守又上报给尚书，于是皇帝派户曹掾为叔先雄立碑，刻画她的肖像，让她孝顺的事情广传天下。

乐羊子的妻子

河南乐羊子的妻子，不知道是谁家的女儿，勤快贤能，奉养婆婆十分恭顺。

曾有别人家的鸡误入她家菜园，婆婆偷偷将鸡杀了做菜吃。媳妇儿不吃，只是对着鸡肉哭泣。婆婆不解地问她缘故。媳妇儿说："我只是难过我们家的日子太贫苦了，因此我们的菜里才会出现别人家的鸡肉。”婆婆听了就把鸡肉倒了。

后来有盗贼想要侵犯媳妇儿，便劫持了她的婆婆。媳妇儿听见了，带着刀出来。盗贼说：“扔掉你的刀。你要是听我的话，我就放了你婆婆；你要是不听，我就杀了你婆婆。”媳妇儿仰天长叹，自刎而死。盗贼也没有伤害她婆婆。

太守听说了这件事，抓捕斩杀了盗贼，赏赐给乐羊子妻子缣帛，按照礼节将她埋葬。

庾衮不避瘟疫

庾衮，字叔褒。咸宁年间瘟疫横行，庾衮的两个兄长都病死了，二哥庾毗(pí)也生命垂危。当时瘟疫很严重，庾衮的父母还有几个弟弟都外逃避难了，只有庾衮留了下来，不肯离去。父亲兄弟想要强行带走他，他说：“我生来不怕瘟疫。”

于是他亲自照顾生病的二哥，昼夜不眠，有时还扶着两位亡兄的灵柩哭泣。如此过了一百多天，瘟疫消散后，家人才回来。这时，庾毗的病已经差不多痊愈了，庾衮也安然无恙。

韩凭妻与相思树

宋康王舍人韩凭的妻子何氏，生得漂亮，宋康王便强抢了她。韩凭心生怨恨，宋康王把他囚禁起来，判他做苦工。

何氏偷偷送给韩凭书信，信中隐晦地表达了自己的心意。信中写着：“其雨淫淫，河大水深，日出当心。”这书信却落到了宋康王的手里，他把这信给身边的人看，大家都不能理解其中的意思。

大臣苏贺对宋康王说：“‘其雨淫淫’说的是她担忧又思念韩凭；‘河大水深’是说他们不能相互往来；‘日出当心’说明她有以死明志的意图。”不久韩凭便自杀了。何氏暗中弄破自己的衣服，等她与宋康王一同登上高台的时候，她便从高台上跳了下去。旁边的人去抓她，但衣服已经烂了抓不住，她便掉下去死了。她留下的遗书藏在衣带中，写道：“大王以为我活着好，我却以为死去好。只愿大王能恩赐将我的尸骨和韩凭的尸骨合葬在一起。”

宋康王震怒，没有听从她的遗愿，命人将他们分开埋葬，使他们的坟墓遥遥相对。宋康王说：“你们夫妻如此相爱，要是你们在坟墓里还能合葬在一起，我就再也不阻拦了。”

一夜之间，两座坟上各长出一株大梓树。十多天后，两棵树的树干就长到了一起。它们弯曲合抱，根系在土下相互纠缠，枝叶在上面相互交错。有两只鸳鸯，一雌一雄，一直在这树上休憩，早晚都不离开。它们交颈悲鸣，声音感人。宋国人为他们感到悲伤，于是就给这树取名“相思树”。

“相思”二字也是由此而来。

南方人说，这两只鸳鸯就是韩凭夫妻的精魂。如今睢阳郡内有座韩凭城，吟唱他们故事的歌谣至今还在传唱。

儿化水

汉朝末年，零阳郡太守史满的女儿爱上了他门下的书佐，便暗中派婢女取来书佐洗手留下的水来喝，后来就怀孕了。

她生下孩子，等到孩子会走路了，太守便抱着孩子出去，让孩子去找自己的父亲。那孩子慢慢爬到书佐的怀里，书佐将他推开，孩子倒在地上变成了一摊水。

太守追问此事，女儿才将以前的事说了出来，于是他就把女儿嫁给了书佐。

鄱阳望夫冈

鄱阳县西面有一座望夫冈。过去，县里百姓陈明与梅氏结为夫妻，尚未成婚，妖怪变成陈明的模样把梅氏掳走了。陈明去拜访占卜师，占卜结果说："向西北方向走五十里能找到。"

陈明听从了占卜师的话，果然看到一个大地洞，深不见底。他用绳子将自己绑着下去找梅氏，终于找到了梅氏。他便让梅氏先出去，而陈明带的邻居秦文却不愿将陈明再拉上来。他的妻子梅氏发誓会一直守着这座山冈等待她的丈夫归来。于是这座山冈便得名"望夫冈"。

邓元义的妻子

后汉时期，南康郡的邓元义，字伯考，担任尚书仆射(yè)。

邓元义回到乡里，妻子留下来照顾婆婆，十分恭敬。但婆婆不喜欢她，把她关在空房间里，在饮食上苛待她。她日渐消瘦，却始终没有怨言。

当时，邓元义觉得奇怪，便问起这件事，邓元义的儿子邓朗当时只有几岁，说：“母亲没有生病，只是肚子饿罢了。”邓元义哭着说：“为什么悉心照料婆婆还要遭遇这样的祸事呢？”于是，他休了自己的妻子，并送她回了娘家。

妻子改嫁，做了华仲的妻子。华仲是将作大匠，他妻子乘着他上朝的轿子出门，邓元义在路旁看到，跟人说：“她原本是我的媳妇儿，没有什么过错，只是我母亲对她实在太残酷了，她本来面相就很贵气。”

邓朗当时已经做官，他母亲给他写信他不回，母亲给他送衣服他转头就烧了，母亲都不放在心上。母亲想要见他，便到亲家李氏的客厅，派人以其他说辞去把邓朗请过来。邓朗来了，见到自己的母亲，再三叩拜，然后哭着准备离开。母亲追出来，对他说：“我当时差点死去。本来就是你们家抛弃了我，我有什么过错，你竟然这样对我！”从此便断绝了联系。

严遵听哀声

严遵是扬州刺史，外出巡查时，听见路旁一个女子一直在哭，但并不悲伤，便问她是在为谁哭丧。女子回答：“我的丈夫被烧死了。”

严遵便命小吏将尸体抬过来，他对死者说了几句话，然后对小吏说："死人自己说他不是被烧死的。"他便命人抓捕了那女子，派人看护尸体，说："这里面应该有冤情。"小吏说："有苍蝇聚集在头部。"严遵命人拨开头发去看，只见尸体的头颅被铁锥刺穿了。

后经拷问，女子交代了她与人合谋杀死自己丈夫的罪行。

范 式 与 张 劭

汉朝范式，字巨卿，山阳郡金乡县人，也叫范氾(fàn)，与汝南郡张劭是好朋友。张劭，字元伯。二人一同在太学学习，后来彼此告别还乡。范式对张劭说："两年后我就来拜见你的双亲，看望你的孩子。"于是两人约定了日子。

约定的日子快要到了，张劭把这件事告诉了母亲，请母亲准备筵席等候范式。母亲说："分别两年，千里之外说好的话，你为什么如此当真？"张劭回答说："范式是个守信用的人，必定不会轻易违背诺言的。"母亲说："要是真的如此，我应该为你们酿酒了。"等到了约定的日子，范式果然来了。他们一起拜见张劭的母亲，一同饮酒作乐，尽欢而散。

后来张劭生了病，十分严重，卧床不起。他的同乡郅(zhì)君章、殷子征早晚都来探望他。张劭临终前叹息着说：“遗憾的是我临死却不能见我那死友。”殷子征说：“我和君章对你真心真意，难道还不算你的死友吗？你还想见到谁呢？”张劭说：“你们二位只是我的生前好友，山阳郡的范式才算是我的死友。”没过多久，张劭就死了。

范式忽然梦见张劭，戴着黑色的帽子，垂着缨带，拖着鞋子，对他说：“巨卿！我在某日死去了，将会在某时下葬，永归黄泉。你虽然未忘记我，但怎么才能来得及看我？”范式恍然惊醒，哀叹痛哭起来。他穿上为朋友服丧的衣服，在张劭下葬那天，赶过去看他。

范式还没到，送葬的队伍已经出发了。等到了墓穴处，将要落葬，但棺材怎么也进不去那墓穴。张劭的母亲抚摸着灵柩说：“元伯，你还有什么要等的人吗？”于是便停止下葬。

过了一会儿，他们看见一匹白马拉着一辆白车过来，车上的人悲伤哀号。张劭的母亲看到说：“那一定是范式。”

范式到了，拍着棺材说道：“走吧，元伯。生死异路，我们就此永别了。”送葬的几千人都为他们落泪。范式亲自执绋牵引棺材入墓穴，棺材这才能移动。

范式一直待到葬礼结束，在张劭的坟旁种了一棵树，然后才离去。

卷十二

五 气 的 变 化

天行五气，化育出万物。木气清则生仁，火气清则生礼，金气清则生义，水气清则生智，土气清则生思。五气至纯，那么圣德就全备了。木气浑浊则生弱，火气浑浊则生淫，金气浑浊则生暴，水气浑浊则生贪，土气浑浊则生顽。五气都浑浊，是人类中最败劣的。

中原地区多生圣人，是因为这块地方和气交汇。边远之地多有怪物，是因为那里异气横生。如果有这种气，就一定汇成这种形；如果有这种形，一定会生出此种性状。所以，以五谷为食的拥有智慧和文明；以草类为食的力大且愚笨；以桑叶为食的能吐丝化蛾；以肉为食的勇猛强悍；以土为食的没有心智且没有气息；以气为食的精神清朗且长寿，什么都不吃的则不死而成神。

大腰生物没有雄性，细腰动物没有雌性。没有雄性的便与外物交接，没有雌性的则只能依靠外物来孕育。经历过三次外形变化的虫，先怀孕后交配。兼爱之兽，本身就具有雌雄两性。寄生植物依附高树，女萝依托着茯苓生存。树木长在土里，浮萍生在水上。鸟儿在虚无的天空飞翔，野兽脚踏实地奔走，虫子蛰伏在封闭的泥土里，鱼儿在深潭中潜游。来源于天的亲近天空，来源于地的亲近下土，来源于时令的亲近身旁的事物，每个生物都从属于它们各自的种类。

千年的野鸡，入海就变成了蜃；百年的黄雀，入海就变成了蛤蜊；千岁的老龟能与人说话；千年的狐狸能幻化成美女；千年的蛇，身子断了还能再连上；百年的老鼠能相面占卜，这些都是因为气数到了一定极限而发生的变化。

春分那一日，鹰会变成鸠；秋分那一天，鸠会变成鹰。这是时令变化而引发的。因此，腐烂的枯草能变成流萤，枯朽的芦苇能变成蟋蟀，稻谷能变成米虫，麦子能变成蝴蝶。它们长出翅膀，长出眼睛，是有心智的，由无知觉的生物变成了有知觉的生物，这是精气发生了变化。鹤变成獐子，蛇变成鳖，蟋蟀变成虾，它们没有失去自己的血肉与精气，只是形状习性发生了变化。像这样的例子，数不胜数。

顺应变化的规律而变化，这是正常的。但如果变化的方向错了，就会产生妖邪。因此，下体生在上面的，或者上体长在下面的，都是精气变化反常的现象。人生下兽，兽生下人，都是精气混乱的结果。男人变成女人，或者女人变成男人，是精气改变的结果。鲁国的牛哀生病，七天后变成了猛虎，他的外形发生了变化，长出了爪子。他的哥哥开门进去，他就把哥哥抓住吃了。当他是个人的时候，他不知道自己会变成虎；当他变成了虎，他也不记得自己曾经是个人。

以前晋太康年间，陈留郡的阮士瑀被毒蛇咬伤，因为难以忍受伤口的疼痛，总是忍不住去闻自己的伤口，后来他的鼻子里就长了两条毒蛇。元康年间，历阳郡的纪元载在外游玩的时候吃了路边的乌龟，后来得了腹胀的毛病。大夫给他开药治病，他泄下几升小乌龟，个头都有小铜钱大小，头和四肢都已经长出来了，龟甲上的花纹也已经成形，只是因为药的缘故都死了。

夫妻不是化育之气，鼻子不是育养生命的地方，肠道不是生产的地方。由此看来，万物的生死变化，如果不具有通神的思想是不能相通的，就算从各自本身寻找，也不能知道它们的由来。但是，腐草为萤，是因为植物腐烂了；麦秆化蝶，是因为麦秆潮湿了。想来，万物的变化都有缘由。农民为了防止麦秆变化，所以给它们撒上草灰。圣人探究万物变化的规律，是通过“道”来解决的。它就是这样的，不是吗？

孔子识羵(fén)羊

季桓子打井，挖到一个像陶罐一样的东西，里面有一只羊，便去问孔子：“我打井得到一只狗，为什么会这样呢？”孔子说：“按照我听说的，你得到的应该是羊。我听说：木石而成的精怪是夔(kuí)和魍魉，水中的精怪是龙和罔象，土下的精怪叫羵羊。”

《夏鼎志》说:“罔象就如三岁大的孩子，红眼睛，黑皮肤，大耳朵，长手臂，红爪子，用绳子绑住它就可以吃它的肉。”王子说:“木精叫游光，金精叫清明。”

犀 犬

晋惠帝元康年间，吴郡娄县怀瑶家中忽然听到地下隐隐约约传来狗叫声。他仔细观察传来声音的地方，发现上面有个小孔，如蚁穴一般大小。怀瑶用木棍戳那个小洞，洞有数尺深，他感觉下面有东西，便挖开来看，得到两只小狗，一公一母，眼还没有睁开，体形比一般的狗大一点。喂它们东西，它们就会吃。

左右邻里都赶来观看。有老人说:“这东西叫‘犀犬’，捉到它们的人，家中会富裕昌盛的，应该养着它们。”因为它们还没睁眼，怀瑶把它们又放回了洞中，用石磨的磨盘盖住。过了一晚再打开看，两只犀犬不见了，旁边也没有别的洞穴，于是也不知道它们去了哪里。怀瑶家中许多年都没什么灾祸。

到太兴年间，吴郡太守张懋(mào)听见他书斋的床底下有狗叫声，怎么找都找不到。后来地裂开来，里面有两只小狗，他把它们抱出来养，两只小狗都被养死了。后来，张懋就被吴地兴兵造反的沈充杀死了。

《尸子》说：“地下有犬，名叫地狼；地下有人，名叫无伤。”《夏鼎志》说：“挖地得到的狗叫贾，挖地得到的猪叫邪，挖地得到的人叫聚。聚就是无伤。”这些东西是自然的产物，不用把它们当作鬼神而觉得惊怪。实际上贾和地狼的名字不同，但是同一种东西。

《淮南万毕》说：“千年的羊肝能化作地神，蟾蜍吃了菰(gū)米，死了就会变成鹌鹑。”这些都是因为精气互相感应贯通而成的。

傒(xī)囊

三国时期，吴国诸葛恪是丹阳郡太守，曾外出狩猎，在两山之间见一个像小孩一样的怪物想要伸手捉人。诸葛恪就让它把手伸出来，它一伸手，诸葛恪就把它拉离了原地。那怪物一离开原地就死了。他身边的参佐问他缘故，还以为这怪物是什么神明。

诸葛恪说：“这件事在《白泽图》里面有记载，上面说：‘两山之间，有像小孩模样的精怪，看见人，就想伸手去抓人，这精怪叫傒囊，只要拉离原地它就会死去。’不是什么神明，也不必觉得奇怪，各位只是恰巧没有看到这个记载罢了。”

池阳宫的小人影

王莽建国四年，池阳宫有小人的影子，一尺多长，或驾车，或走路，手中拿着各种各样的东西，大小和他们的身量差不多。这些小人出现了三天才消失。王莽十分厌恶此事。

自那以后，盗贼日益猖獗，王莽最终被他人所杀。

《管子》说：“干涸的湖泊经过数百年，山谷不曾移动位置，水流不歇，就会生出‘庆忌’。庆忌长得像人，只有四寸长，穿着黄色衣服，戴着黄色帽子，乘着黄色的轿辇，骑着小马，喜欢往来奔驰。喊它们的名字，可以使它们去到千里之外并且一日之内传回消息。”

那么，池阳宫的小人影，或许就是庆忌吗？也有别的说法说：“干涸的小河生出精怪‘蚳（chí）’。一个头，两个身子，它的外形像蛇，长有八尺。喊它们的名字，可以利用它们帮忙捉鱼鳖。”

霹 雳 神

晋朝时期，扶风郡的杨道和，夏天在田里干活，适逢大雨，他躲到桑树下。霹雳神下来击他，杨道和用锄头反抗，打伤了霹雳神的大腿。霹雳神摔落地上，不能离去。

霹雳神嘴唇丹红，目如明镜，毛和犄角都有三寸长，形状像牲畜，脑袋像猕猴。

落 头 民

秦朝时期，南方有个部落叫“落头民”，他们的头能飞。因这个部落有一种叫“虫落”的祭祀活动，所以得了这样的名称。

吴国时期，大将军朱桓得到一个婢女，每天夜里睡下后，她的头就会飞走。有时从狗洞，有时从天窗飞进飞出，用耳朵做翅膀。天快亮的时候，头会再飞回来，每次都是这样。大家都觉得很奇怪，晚上用火照她，发现只有身子没有头，她的身子微微发凉，气息也很微弱。人们用被子把她的身子盖起来。等天亮了，头回来了，因为身子被被子盖着，它不能接回去。试了两三次，都掉在地上。那头不停地叹息，身体的气息也很短促，感觉快要死了一样。人们便把被子掀开，头又飞起来，落在脖子上，过了一会儿，整个人都平静下来。

朱桓大吃一惊，以为这婢女是妖怪，不敢再留了，便把她送走了。后来弄清楚了，才知道那是她的天性。当时出征南方的大将们也经常抓到落头民，又曾试着用铜盘盖住他们的身子，头飞不回去，人就死了。

貙人

江汉地区有一种貙人，他们的祖先是廪君的后代，能变成老虎。

长沙郡蛮县东高乡的百姓曾制作栅栏来猎捕猛虎。栅栏安放好后，第二天人们一同去抓，只看到一个亭长，扎着红色头巾，戴着高高的帽子，坐在栅栏里。人们就问他："你是怎么跑到这里面来的？"亭长大怒，说："我昨夜忽然被县里召见，晚上躲雨，一不小心就掉到这陷阱里了。快把我放出去。"人们又说："你说你被召见，那你应该有文书吧？"亭长便从怀中掏出召见他的文书，于是人们就把他放出来了。

一会儿人们再看，他就变成了虎，逃到山上去了。有人说："貙是老虎变成的人，他们喜欢穿着紫色葛布衣裳，而且他们没有脚跟。如果老虎的爪子有五指，那么它们都是貙。"

猳（jiā）国马化

蜀国西南方的高山上，有一种动物长得像猴，身长七尺，能像人一样行走，善于疾跑追人。人们称它们为"猳国"，也叫"马化"，有人叫它们"玃（jué）猿"。

它们经常躲在路边，看到路上有漂亮女人路过的时候，就会把她们掳走，而且还不会被人发现。如果人们路过它们身旁，就算用绳子相连，都不能避免被掳。

这种动物能辨别男女的气味，所以它们只抓女人，不抓男人。如果抓到了女人，就和她们结婚。被抓的女人要是生不出孩子，那么一辈子都回不了家。十年之后，形体差不多也跟它们一样了，心智为它们所迷惑，不再想要回家了。如果怀孕了，就把她们送回家，生下的孩子也和人一样。如果有人敢不养孩子，那么这个女人就会死去。大家都很害怕，所以没人不养孩子。

等孩子们长大了，跟普通人没什么两样，都以“杨”为姓。所以现在蜀国西南地区有很多姓杨的人，大概都是“猳国”“马化”的后代子孙。

刀劳鬼

临川郡内很多山上有妖怪，它们出来的时候总是伴着大风雨。它们的叫声如人长啸一般，能射伤别人。被它们射中的地方，一会儿就会肿起来，毒性很大。它们有雌雄之分，被雄的射中会立马中毒，被雌的射中会慢慢中毒。急的半天之内就会死去，慢的能熬过一个晚上。人被射中的，如果一旁有人便可得到救助，但救得稍微迟缓些，就会死去。人们称它们为“刀劳鬼”。

所以外书中说：“所谓鬼神，它们造成的祸福对世人都会有影响。”《老子》说：“之前得道的，天得道而清，地得道而宁，神得道而灵，谷得道而盈，侯王得道而成天下首领。”

那么，天地鬼神与我都是一同存在的。气不同则性质相异，地域不同则外形不同，不能相兼容。生者主阳，死者主阴，都各自依托于天性，各安其生。在太阴之中，自然有怪物存在。

越地冶鸟

越地的深山里有一种鸟，体形跟鸠鸟一般，青色，名字叫冶鸟。它们能啄穿大树，在树洞里筑巢，鸟巢如同一个五六升容量的容器，口径大约有几寸，周围会用泥土装饰，红白分明，样子就像射箭的箭靶。

砍树的人看到这种树，立刻就会躲开。有时候夜黑看不见鸟，鸟也知道人类看不见它，它就会叫着："咄，咄，上去！"人们第二天就应该急忙上山。如果鸟说："咄，咄，下去！"人们第二天应该急忙下山。如果鸟儿不对人们说话，只是互相间谈笑不停，人们就只能停止伐树了。如果它们的鸟巢附近有什么污秽的东西，那么就会有老虎过来日夜守护在附近。这时如果人们不离去，老虎就会咬人。

这种鸟儿，白天见到它们的确是鸟的样子，夜里听它们鸣叫也是鸟的叫声。有时看到它们游戏作乐会变成人的模样，大约三尺高，在水中捉石蟹，然后用火烤，人类不可靠近它们。越人说，这种鸟是越族巫师的祖师。

鲛 人 珍 珠

南海之外，有鲛人。他们像鱼儿一样生活在水里，不停地纺织。他们眼睛里流下的泪水会变成珍珠。

山 野 哭 声

庐江郡皖县与枞(zōng)阳县境内，有大青和小青居住在山野里。人们时常听见它们的哭声，有时候像有几十人在一起哭，男女老少的声音都有，如同哭丧一样。

附近的百姓听见了都很震惊，赶到山里去看，却总看不见人。而它们哭泣的地方，一定会有死人。如果哭声很多，那么就是大户人家死人了；如果哭声少，就是小户人家死人了。

庐江山都

庐江郡的大山之间，有一种叫山都的妖怪，长得像人，赤身裸体，看见人就逃走了。有男有女，有四五丈长，能发出啸叫声，互相召唤。它们总是出现在幽深晦暗的地方，像鬼魅一般。

长江中的怪物

汉光武中平年间，长江里出现了一种怪物，名字叫蜮(yù)，也叫短狐，能含沙射人。

被射中的人，会神经抽痛、头疼、发热，严重的会死去。江边的人用方术来治疗，能在肉里挤出沙石。

这大概就是《诗经》上所说的“为鬼为蜮，则不可测”。现在俗称“溪毒”。先儒认为是男女同在一条河里沐浴，淫荡的女子多了，形成乱气而滋生的。

永昌鬼弹

汉朝时期，永昌郡不违县有条河叫禁水，水有毒气，只有每年的十一月、十二月勉强可以渡河。正月到十月都不可渡河，渡河就会生病死去。

这条河水面上氤氲(yīn yūn)的水汽中有怪物，看不清楚它的形貌，似乎是有声音的，好像一直在投射什么。如果树木被击中，就会折断，如果人被击中，就会死去。当地俗称它“鬼弹”。

所以，郡里如果有人犯了死罪，就把他们迁移到禁水旁，不出十天，全都死了。

蘘(ráng)荷根治蛊毒

我妻子的姐夫蒋士，家中有个用人，得了便血的毛病。

医生以为他是中蛊了，就偷偷让人把蘘荷根放在他的床垫底下，不让他知道。那用人便疯疯癫癫地说：“让我吃蛊虫的是张小小。”于是就呼喊“小小离去”，他的蛊病就好了。

现在人们治疗蛊病，也总是用蘘荷根，往往会有效果。蘘荷，有的地方也叫嘉草。

犬 蛊

鄱阳郡的赵寿有犬蛊。

当时，陈岑拜访赵寿，忽然有六七条大黄犬跑出来，对着陈岑狂吠。后来,余相伯的媳妇儿与赵寿的媳妇儿一同吃饭，得了吐血病，差点死去，用桔梗屑泡水喝下去才治好。

蛊像鬼一样，它可以幻化成各种杂七杂八的东西，有的变成狗，有的变成猪，有的变成虫子，有的变成蛇。制蛊的人自己不知道蛊的形状，把它们用到人的身上，中蛊的人都会死。

荥(xíng)阳蛇蛊

荥阳郡有个姓廖的人家，世代制蛊，靠此发家。

后来他家新娶了个媳妇儿，没有把这件事情告诉她。恰逢有一天家里人都出去了，只有她守在家里。她忽然发现屋子里有个大缸，打开来一看，里面有条大蛇，她就烧了热水把这条蛇烫死了。

等到家人回来，她就把这件事告诉了家人，全家震惊，惋惜。没过多久，家里人都得了病，差不多死光了。

卷十三

神秘的澧(lǐ)泉

泰山东面，有个澧泉，它的外形像井，本身是由石头构成的。

想在这儿取水喝的人，都要洗涤心志，摒弃杂念，跪着用手捧水，那泉水就会喷涌出来，不多不少，刚好够用。如果汲水的人内心污浊，那么泉水就不会流出来。

这大概是神明用来试探人心的吧。

巨灵劈华山

太华、少华二山本来是一座山。这座山挡住了黄河，黄河流经此处的时候，需要绕行。河神巨灵，用手劈开了这座山的上半部分，用脚踹离了它的下半部分，从中间将它分成了两座山，以方便黄河流淌。

如今在华山上还能看见巨灵留下的手印，手指、手掌的形状清晰可见。脚印在首阳山下，至今还保留着。因此，张衡《西京赋》中写的“巨灵赑(bì)屃(xì)，高掌远迹，以流河曲”，说的就是这件事。

霍 山 锅

汉武帝将南岳的祭祀迁到了庐江郡灊(qián)县的霍山上。山上无水，山庙里有四口大锅，能装四十斛水。每到祭祀的时候，锅里会自动蓄满水，足够用来祭祀。祭祀结束，锅就空了，尘土、树叶都不能玷污这水。

五十年间，每年祭祀四次。后来改为每年祭祀三次，其中一口锅自己就坏掉了。

樊 山 火

樊口的东面有座樊山，如果天旱不雨，只要放火烧山就一定会下大雨。到如今都是这样灵验。

孔窦清泉

空桑这个地方现在叫孔窦，位于鲁国南面的一个山洞中。洞穴外面有两块石头，像两根柱子一样竖着，有几丈高。

鲁国人在这里奏乐祭祀。洞穴里本来没有水，但每当祭祀的时候，只要洒扫干净后祈祷，就会有清泉从石头缝里流出来，足够举行祭祀。

祭祀结束，泉水也停止了，直到现在还是这样灵验。

湘穴

湘地一个洞穴中有黑土。要是遇见旱灾，人们就一起把水引到这个洞里。只要穴被淹没，天就会立刻下大雨。

龟化城

秦惠王二十七年，朝廷派张仪督造成都城墙，城墙屡次坍塌。忽然江上游来一只大龟，游到东子城的东南角就死了。

张仪就询问巫师，巫师说："按照大龟爬行的轨迹来建城，就能建成。"后来果然造好了城墙。因此这座城就叫"龟化城"。

城陷成湖

由拳县是秦国时期的长水县。秦始皇时期，城里有童谣唱着："城门有血，城当陷没为湖。"

有个老妇人听见了这个童谣，每天都到城门前去察看。守城侍卫想要绑了这个老妇人，老妇人就把这个童谣告诉了他们。然后侍卫干脆用狗血涂在门上，老妇人一看见血，立马就跑了。

忽然县里遭遇了洪水，整个县城都淹在水里。主簿命令一个小官去报告县令。县令问："你怎么变成一条鱼了？"小官回答说："县令您也变成了鱼呀。"

于是，整个县城都沦为一片湖了。

马 邑 城

秦国时期，人们在武周塞内建长城，用来抵御胡人。好几次在长城快要建好的时候，城墙又崩塌了。

有一匹马在这附近奔走，往来不停。父老乡亲们都觉得很奇怪，就按照马跑的路线来建长城，长城终于不再崩塌。

于是人们给这座城取名“马邑”。它的旧址就在现在的朔州郡境内。

天 地 劫 灰

汉武帝开凿昆明池，挖得很深，挖出的都是黑色的灰，没有土，满朝官员都弄不清缘由。汉武帝便问东方朔，东方朔说：“我愚钝，并不知道这是什么，但可以问问西域人。”汉武帝认为像东方朔这样知识渊博的人都不知道，就没必要再去问别人了。

等到汉明帝时期，有个西域道人来到洛阳。当时有人想起东方朔说的话，就把汉武帝时期挖出黑灰的事情告诉了他。道人说："经书上说：'天地浩劫将尽的时候，就会发生劫烧。'这黑灰就是劫烧留下来的灰烬。"

人们这才明白东方朔话中有话。

丹 砂 井

临汜(sì)县有个廖氏家族，世世代代都能长寿。后来搬了家，子孙就死得很早了。

有其他人住到他们的旧宅，也会一直长寿。后来大家才知道是这宅子的缘故，但又不知道到底是什么缘故。人们怀疑可能是井水发红的原因，就在井旁边挖掘，挖到了古人埋藏的几十斛丹砂。丹汁流进井里，人饮用井水所以长寿。

江东余腹

江东有一种叫余腹的鱼。

相传，过去吴王阖闾(lǘ)在江上行船，吃生鱼片的时候，剩下了一些，就把这些鱼片丢进了江里，鱼片全都变成了鱼。

现在有一种叫吴王脍(kuài)余的鱼，长有几寸，大的同筷子一样，身上还有鱼片的样子。

长卿螃蟹

蟚蜮(péng yuè)是一种螃蟹，曾经给人托梦说自己叫“长卿”。现在临海郡的百姓还总是叫它长卿。

青蚨(fú)钱

南方有一种昆虫名字叫蟞蝺(tūn yú)，也叫蠈蠋(zéi zhú)，又叫青蚨。它的外形有些像蝉但比蝉大，味道辛辣鲜美，可以食用。它生下的小虫总是依附在草叶上，大小如同蚕卵一样。如果把小虫捉走，母虫立马就会飞过来，不管多远。即使偷偷把小虫藏起来，母虫也一定会找到。

用母虫的血涂在八十一文钱上，再把小虫的血涂上，每次去买东西，或用母虫血涂过的钱，或用小虫血涂过的钱，它们都会飞回来，怎么用都用不完。

所以《淮南子术》就用这种方法使钱飞回来,并取名“青蚨”。

蜾（guǒ）蠃（luǒ）

土蜂，也叫“蜾蠃”，现在称为蛔（yīn）蝓（yōng），是一种细腰类昆虫。

这种昆虫只有雄性没有雌性，不交配，不产卵，常常偷桑虫或者蝗虫的卵来孵化，最终孵化出来的小虫都是自己的孩子。也有人称它们为“螟（míng）蛉（líng）”。

《诗经》上说:“螟蛉有子，果蠃负之。”说的就是这件事。

木蠹（dù）

树木被蠹蚀，会长出小虫子，这些小虫子最终都会化成蝴蝶。

刺猬

刺猬长很多刺，所以不便跃过杨柳。

火浣布

昆仑山，是大地之首，是天帝在人间的都城，它周围有深不见底的弱水和烈焰炎炎的火山将它与外界隔绝开来。山上有鸟兽草木，都在火光烈焰里生长繁育。这里出产一种火浣布，不是用这山上的草木而是用其鸟兽的皮毛做成的。

汉朝时，西域使者曾经进献过这种布，后来时间长了就失传了。等到曹魏初期，人们都怀疑火浣布是否真的存在。魏文帝认为火是一种炽烈的东西,不能孕育任何生命,就在《典论》中说不可能存在火浣布这种东西，让智者明白火浣布是不存在的。

等到魏明帝继位，诏令三公说:“先帝当初写下《典论》，里面都是不朽的格言。应该刻在石碑上，安放在太学和庙门外面，让它和石经并立，永昭来世。”

这时候，西域派人进献了火浣布制成的袈裟，于是就马上抹去这个论断，被天下所耻笑。

金燧

金的特性是稳定的，在五月丙午日的中午铸成的是阳燧；在十一月壬子日的半夜铸成的是阴燧。丙午日铸成的“阳燧”，可以取火；壬子夜铸成的“阴燧”，可以取露水。

焦尾琴

汉灵帝时期，陈留郡的蔡邕因为数次上书陈奏，忤逆皇上的旨意，加上皇上宠爱的妃嫔嫌恶他，他担心自己会遭遇祸事，便逃命至江海一带，踪迹远达吴郡和会稽郡。

他到吴郡的时候，碰见有人在烧桐木做饭。蔡邕听见这木头燃烧的声音说："这是好木料啊。"于是就求来这块桐木，把它制成了一把琴，声音果然很美妙。因为琴尾烧焦了，所以给它取名"焦尾琴"。

柯亭竹

蔡邕曾路过柯亭，遇见有人用竹子做椽子。蔡邕抬头看了一会儿，说："这是好竹子啊。"于是就取来竹子做成一支笛子，吹起来果然声音清亮。

还有一种说法是，蔡邕对吴地的人说："我曾路过会稽郡的高迁亭，看到高迁亭东面的第十六根竹椽可以用来做笛子。后来取下来制成竹笛，果然能发出美妙的声音。"

卷十四

蒙双氏

过去颛顼（zhuān xū）高阳氏时期，有一对双胞胎结成了夫妻，颛顼帝把他们流放到崆峒（kōngtóng）山的荒野里。他们互相拥抱着死去了。

神鸟衔来不死草盖在他们身上。七年之后，两个人同体而活。两个头，四只手，四只脚，这就是蒙双氏。

盘瓠（hù）子孙

帝喾高辛氏时期，有位老妇人住在王宫里，患耳疾已经有一段时间了。医生为她挑耳朵治病的时候，从耳朵里掏出来一只像蚕茧一般大小的顶虫。妇人离开后，医生把这只顶虫放在长满葫芦藤的篱笆下，用盘子盖起来。没多久顶虫就变成了一只狗，身上有五彩花纹。于是，医生便给它取名盘瓠，一直养着它。

当时，戎吴强盛，多次侵犯边境。帝喾派兵征讨，最终也没能获胜。于是便向全天下招募能够砍下戎吴将领首级的人，赏赐千斤黄金，封万户封地，并许诺将自己的小女儿嫁他为妻。后来，盘瓠衔回一颗头颅，直接带进宫里。帝喾仔细查看，就是戎吴将军的头颅。他问这该怎么办，群臣都说：“盘瓠是畜生，不能给它官职俸禄，也不能让它娶妻生子。虽然有功劳，也不能给它这些。”

帝喾的小女儿听说了这件事后，跟帝喾说：“大王已经昭告天下，要将我许给功臣。如今盘瓠衔回来戎吴将军的首级，为国除害，这是天意让它做的。难道只是凭着一只狗的智力吗？君主守诺，诸侯守信，不能只为了我一个女子的身体而违背对天下百姓的承诺。不然会给国家招致祸端的。”帝喾心里畏惧便答应了，把小女儿嫁给盘瓠。

盘瓠带着她去了南山。山上草木繁茂，人迹罕至。她便脱去华贵的衣裙，给自己扎了一个奴仆一样的发髻，穿上自己做的衣服，跟着盘瓠上山，进谷，一同住在一间石屋里。帝喾思念她，多次派人来南山探望，可一有人来，天上就风雨不止，山岭震荡，乌云密布，去的人都没办法到达。

大概过了三年，他们生下六个男孩、六个女孩。盘瓠死后，孩子便生活在一起。他们用树皮织布，用草籽给布匹染色。他们喜欢五颜六色的衣服，剪裁制作的衣服都有尾巴的形状。

后来他们的母亲回到了王宫，将这件事告诉了帝喾。帝喾便派人去接回他们，这一次天不再下雨了。他们的衣服斑斓多彩，说话言语与大家不同，喜欢蹲在地上吃饭，喜欢在山里生活，不喜欢都城。帝喾只能顺着他们的意思，把名山大泽都赏赐给他们，让他们居住，称他们为“蛮夷”。

蛮夷，外表憨厚，内心狡猾，而且安土守旧。因为上天给予了他们不一样的气质，所以不能像对待一般人那样对待他们。他们种田、经商都不需要证件，也不用纳税。他们的部落首领都有印绶。首领的官帽用水獭(tǎ)皮做成，是取其在水中游食的意思。现在的梁汉、巴蜀、武陵、长沙、庐江郡的夷人，他们用鱼和肉拌饭，一边敲着木槽一边打号子，来祭祀盘瓠，这样的习俗流传至今。所以，世人都说：“光腿短裙，盘瓠子孙。”

夫余国国王

橐离国国王的婢女怀孕了，国王想要杀她。婢女说：“有一团鸡蛋大小的气，从天而降，落到我的肚子里，我就怀孕了。”

后来她生下孩子，把孩子扔在猪圈里，猪便对孩子哈气，为他取暖；把他扔到马厩里，马也对他哈气，为他取暖。所以这孩子一直没有死去。国王疑心这孩子是上天的孩子，便命令他的母亲把他抱回去养着，取名叫“东明”，并让他做个养马的小官。

东明擅长射箭，国王担心他最后会夺走自己的国家，因此就想杀了他。东明南逃，路过施掩河的时候，用弓箭射水，水中的鱼鳖都游过来为他建了一座桥，东明因此得以渡河。鱼鳖散去，追捕的官兵都过不去了。后来，东明建立了夫余国。

鹄苍衔蛋

古时候，徐国宫女怀孕并生了一颗蛋，她觉得很不吉利，就把这蛋丢弃在河边。有只名叫鹄苍的狗将蛋衔了回去，然后蛋里孵化出来一个孩子，后来成为徐国的嗣君。

后来，鹄苍快要死的时候，长出了犄角和九条尾巴，它原本是一条黄龙。鹄苍死后，被埋葬在徐国的乡间，现在那里还有一座狗坟。

谷乌菟（tú）

斗伯比的父亲很早就去世了，他跟随着母亲在舅舅家生活。他长大后奸污了妘(yún)子的女儿，后来生下了子文。妘子的妻子为女儿尚未嫁人就生下孩子而感到羞耻，就把这孩子遗弃在山里。

妘子外出打猎的时候，看见老虎在给一个婴儿喂奶，回家就把这事告诉了妻子。妻子说："那就是我们女儿和斗伯比私通生下的孩子，我觉得太可耻了，就把这孩子扔进山里去了。"

妘子便把孩子捡了回来，悉心教养，还把自己的女儿嫁给斗伯比做妻子。楚国人因此都叫子文为谷乌菟。后来，子文一直做到了楚国的宰相。

齐无野

齐惠公的小妾萧同叔子被宠幸，后来有了身孕，因为自己卑贱的身份，她不敢将这事说出来。

她在野外拾了许多柴后生下了孩子，但又不敢抚养。

有狸猫为孩子喂奶，还有鹯(zhān)鸟覆盖在孩子身上为他取暖。路人看见了便收养了这孩子，还给孩子取名"无野"。这就是后来的齐顷公。

羌豪袁钗

袁钗是羌族的英雄。秦朝时，他曾被抓去做奴隶，后来找到机会逃走了。

秦国人追捕他追得很紧急，他就躲到山洞里。秦国人放火烧山洞，隐约中有个像老虎一样的东西来为他遮蔽，他因此没有死。

羌族人都以他为神，推举他做羌族君主。后来，他的部落越来越强大。

窦氏生的蛇

东汉时期，定襄郡太守窦奉的妻子生下了窦武，同时还生下一条蛇。窦奉把蛇送回田野里。

等到窦武长大，美名传遍海内。他母亲死后，将葬未葬之际，宾客聚集，忽然有大蛇从草丛里钻出来，径直爬到棺材下，盘伏在地上，不停抬头、低头，用自己的脑袋敲击棺材，血水与泪水一同流下，好像很伤心的样子，过了很久才离去。

当时的人都觉得这是窦家的祥兆。

金龙池

晋怀帝永嘉年间，有个韩姓妇人在田里发现了一个很大的蛋，便把它带回去孵化。后来蛋里孵出一个婴儿，妇人给他取名撅儿。

撅儿四岁那年，刘渊建造平阳城，怎么也建不成，就招募能建城的人。撅儿应招，然后就变成了一条蛇，让韩媪跟在它后面撒石灰，对韩媪说："根据石灰的路线来建城，城立马就能筑成。"后来果然和它说的一样。

刘渊觉得很奇怪，就把这蛇扔进了山洞里，蛇尾露出洞口几寸，派去扔蛇的人就砍了它的尾巴。忽然有泉水从山洞里喷涌出来，蓄水成池，于是人们便为它取名"金龙池"。

桑蚕传奇

旧时有个传说，太古时期，有户人家的长辈外出远游，家里只留下女儿一人。家里有一匹公马，一直由女儿亲自饲养。他们生活在偏僻幽远的地方，女儿十分思念她父亲，就对马开玩笑说："你要是能把我的父亲带回来，我就嫁给你。"

马听了这话，就挣脱缰绳跑出去了，一直跑到了她父亲所在的地方。父亲看见马，又惊又喜，就骑上马。马望着它来的那条路，悲鸣不已。父亲说："这马从不这样，难道是我家中出了什么事？"于是赶紧骑着马回去了。

父亲觉得这马对他们一家有着非同寻常的感情，所以更加悉心地照顾马儿，但是马却不愿意吃他喂的草料。只有在看见女儿进出家门的时候，它才会或喜或怒地奋力踢腿，而且像这样已经不是一次两次了。父亲觉得很奇怪，就偷偷问女儿，女儿就把之前的事情都告诉了父亲，说："可能是因为这个缘故吧。"父亲说："你不要把这事说出去，恐怕会辱没家门。你以后也别总是进进出出的了。"于是暗中埋伏，用弓箭将马射死，把它的皮剥下来晾在院子里。

父亲再次出行后，女儿和邻居家的女伴一起在晾马皮的院子里玩耍。女儿用脚踹着马皮说："你是畜生，怎么会想着娶人做媳妇儿呢？无端给自己招来屠杀剥皮的祸事，真是自讨苦吃。"话还没说完，那马皮忽然鼓起来将女儿卷起飞走了。邻家女伴十分害怕，也不敢救她，便赶紧跑去告诉那女儿的父亲。她父亲回来之后，到处寻找，可是她已经不知所终了。

后来，他又出去找了几天，终于在一棵大树的枝杈间找到了女儿和那张马皮。他们都变成了蚕，在树上吐丝结茧。他们结的茧很厚很大，与一般的蚕茧不同。邻家妇人把它们捉回去喂养，收获增加了好几倍，于是便给这棵树取名桑树。

桑是丧的意思。从此，百姓竞相种植桑树，现在人们养的蚕，就是这种蚕。

据说，桑蚕是古蚕留下来的品种。《天官书》说：“辰为马星。”《蚕书》说：“月当大火，则浴其种。”就是因为蚕和马本是同气所生。《周礼》“教人”的职文有“禁止饲养二次孵化的蚕”的说法。郑玄作注说：“事物不可能两边都大，禁止饲养两次孵化的蚕是怕它伤害了马。”

汉朝的礼制里，皇后会亲自采桑，祭祀蚕神时说：“菀窳(yǔ)妇人，寓氏公主。”公主是女性的尊称，菀窳妇人是最早养蚕的人。所以现在有人称呼蚕为女儿，这应当是古时候留下来的说法。

嫦娥奔月

后羿向西王母求来了不死之药，嫦娥偷了药后准备逃到月亮上去。

出发前，嫦娥让有黄帮她占卜。有黄说：“吉卦。你会翩然而去，独自一人向西飞。遇到天色晦暗，没有光明，不要担心，不要害怕。以后一切都会很顺利的。”

于是嫦娥就寄身在月亮上，成了月宫里的一只蟾蜍。

姑媱怪草

天帝的女儿死在了舌埵(duǒ)山上，化成了一株怪草。怪草的叶子很繁茂，它的花朵是黄色的，它的种子跟菟丝子的种子一样。

所以服食怪草的人，会一直妩媚可人。

兰岩山的白鹤

荥阳县南面一百多里的地方有座兰岩山，陡峭挺拔，高达千丈。常有双鹤，白羽光洁，朝夕相伴，在那里同飞同栖。

传说从前有一对夫妻在这山中隐居，几百年后，化成了一对仙鹤，不停地飞来飞去。忽然有一天，其中一只鹤为人所害，另一只则常年在山谷里哀鸣。至今还能听见回音，已经不知道多少年了。

窃羽得妻

豫章郡新喻县有个男子看见田里有六七个女子，都穿着羽毛织成的衣裳。他不知道她们其实是鸟。他匍匐前进，拿到了其中一名女子脱下来的羽毛衣，藏了起来。然后再凑过去看那些女子，女子都变成鸟儿飞走了，只有一个没有离去。他就娶了那个女子为妻，生下三个女儿。

那个女子后来让女儿们去问父亲，才知道他把羽毛衣藏在了稻草堆下面。母亲找到了羽毛衣，穿上飞走了。后来又回来接三个女儿，女儿们也跟着她飞走了。

黄母化鼋（yuán）

汉灵帝时期，江夏郡黄家的老母亲在浴盆中沐浴，很久没有出来，竟变成鼋了。

婢女们很吃惊，奔走相告。等家里人来看时，鼋已经跑到深水潭里去了，后来也经常能看见。老母亲当初沐浴时戴在头上的一根银簪，如今还在鼋的头上。

于是，黄家世世代代都不敢吃鼋肉。

宋母化鳖

魏文帝黄初年间，清河郡宋士宗的母亲夏天在浴室里沐浴。她让家里的老老少少都出去，独自待在屋里。

过了很长时间，家里人不明白她的用意，就在墙壁的小孔里偷偷观察。他们没看见人，只看见浴盆的水里有一只大鳖。于是，大家打开门冲了进去，那大鳖并不与人沟通。母亲之前戴在头上的银钗，还在鳖的头上。

家里人日夜守着它哭，却又无可奈何。那鳖想要离开，认为不能一直待在这里。看守了好多日，家人懈怠了，它就自己偷偷爬出去了。它爬得很快，家人追都追不上。几天后忽然回来了一趟，在家宅周围转了几圈，然后又无声无息地走了。

当时有人对宋士宗说，应该给他的母亲办理丧事。宋士宗认为他母亲虽然样子变了，但还活着，最后还是没有办理丧事。这件事跟江夏郡黄家老母亲的事相似。

宣母化鼋

三国时期，吴国孙皓宝鼎元年六月的最后一天，丹阳郡宣骞的母亲已经八十岁了，也是在洗澡的时候变成了鼋，情况跟黄家老母亲一模一样。

宣骞兄弟四人，关起门来守着它。他们在屋子里挖了个大坑，将里面倒满水，让乌龟在里面游水。那两天里，它一直伸着脖子往外看。等门稍微开了一点缝，它就像滚车轮一样一下子滚出去，跳进了深水潭里，从此再也没有回来过。

怪物老头儿

汉献帝建安年间，东郡一户人家里总是发生怪事。无缘无故的，家里的陶瓮就会发出訇(hōng)訇的声响，像是被人敲打一样；放在桌上的盘子，转眼就不见了；母鸡刚下的蛋，落地就消失了。好几年都这样，家里人都十分厌恶此事。

于是他们就做了很多美食，用箩筐盖着放在家里，然后躲在屋子的角落里偷偷观察。果然发现有什么东西来了，发出以往听到的那种声响。家人一听，赶紧关紧门窗，在屋子里四处查找，但什么也没找到，于是就用木条四处抽打。很久以后，在屋子的角落里打中了什么东西，那东西发出呻吟，说：“哎呀，哎呀，要死了。”

他们开门一看，居然是个老头儿，看起来已经一百多岁了，说话很没礼貌，行为举止像个野兽。于是就盘问他，得知他家在几里外的地方。他家人说：“他都失踪十几年了。”今天找回来，真的是又惊又喜。

后来过了一年多，这老头儿又不见了。听说陈留郡也发生了这样的怪事。当时的人都觉得一定又是这个老头搞的鬼。

卷十五

死而复生的父喻

秦始皇时期，长安有个人叫王道平，小时候与同村唐叔偕的女儿父喻发誓要结成夫妻。父喻容貌姿色都很美。不久王道平被派去打仗，流落南方，九年都没有回去。

父喻的父母见女儿已经长大，便把她许配给刘祥做妻子。父喻与王道平当初许下重誓，所以不肯嫁给别人。父母逼迫之下，她最后还是嫁给了刘祥。结婚三年，她总是闷闷不乐，常常思念王道平，心中忿怨很深，最后郁郁而终。

父喻死后三年，王道平回家了，他问邻居："父喻现在在哪里？"邻居跟他说："父喻心里都是你，却被自己的父母逼着嫁给刘祥，如今已经死了。"王道平又问："那她的坟在哪里？"

邻居带他来到父喻坟前。王道平悲伤地痛哭哽咽，一遍又一遍地喊着父喻的名字，绕墓泣哭，不能自止。王道平哭着说："我曾与你向上天立下誓言，说好要相守一生，怎知官务缠身，致使你我分别，你的父母将你嫁给刘祥。这与你的初心相背离，最终使我们生死永隔。如果你能显灵，让我再见你一面。如果不能，你我从此就永别了。"说完，他又在坟前逡巡哀泣。

父喻的鬼魂从坟里出来，问王道平："你从什么地方来的？我们分开太久了。我们曾立下誓言要结为夫妻，终生相守，可父母逼迫，把我嫁给了刘祥。整整三年，我日夜都在思念你，最终含恨而死，相隔黄泉。虽然我们人鬼殊途，但念你对我仍念念不忘，请求再见，值得庆幸的是我的尸身还没有损坏，还可以重生，我们还可以做夫妻。你快挖开坟墓，打开棺材，让我出来，我就能复活了。”

王道平仔细想了想她的话，便打开了坟墓，仔细一看，父喻真的活过来了。于是，父喻就跟着王道平回家了。她的丈夫刘祥听说了此事，很是吃惊而奇怪，便向州县长官告状。长官们查阅典籍，从来没有遇见过这样的事情，就把这案子上报给了皇上。皇上最终让父喻做了王道平的妻子。

他们一直活到了一百三十岁。实在是他们的真情感动了天地，才会有这样的感应。

死而复生的河间女

晋武帝时期，河南郡有一对男女互相喜欢，就私订终身。不久，男子从军了，很久都没有回来。女子家人着急将她嫁出去，但女子不愿意。父母逼迫，她不得已才出嫁，但没过多久就病死了。

男子从军回来，问女子在什么地方，她的家人就把一切都告诉了他。于是他来到了女子坟前，想痛哭一番，倾诉自己心中的哀伤，但又不胜悲痛，便挖开坟墓，打开棺材，而那女子竟然活过来了。他便把她背回家，养了几天，那女子就恢复得和原来一样。

后来女子的丈夫听说了这件事，便过来要她。但是男子不许，说："你的妻子已经死了。天底下可曾听说过死人复活的事情？她是上天赐给我的，不是你的妻子。"于是，女子丈夫就把他们告到了官府。郡县的官员不能处理,又上报到廷尉。

秘书郎王导奏说："精诚所至，感动天地，所以女子才能死而复生。这不是寻常的事情，当然不能用寻常的礼法来处理。应该把女子还给打开棺材的那个人。"朝廷听从了他的建议。

贾文合

汉献帝建安年间，南阳郡的贾偶，字文合，生病死去了。有个小吏把他带到了泰山，司命神君翻阅簿册后，对小吏说："应该把某某郡的文合招来，你怎么把这个人招来了？快把他送回去。”

当时天快黑了，文合便到城外一棵树下休息，看见一位少女独自在路上走着。文合问她：“你这穿衣打扮像是大户人家的女儿，怎么一个人在这儿走着？你叫什么名字？”女子回答说：“我叫某某，三河县人，父亲是弋阳县县令。昨天被小吏招来，今天却让我回去。遇到天黑，我害怕别人说闲话。看您的样子，必是一个有德行的人，所以我便留下来，想与你同行。”文合对她说：“我心里喜欢你，今晚想与你共度良宵。”女子说：“我听家里的姑姑嫂嫂说，女子以忠贞为德，以洁身自好为重。”文合反复劝说，她还是无动于衷。

天亮以后，他们各自离去。文合本来已经死了两个晚上了，家里已经准备停丧下葬，但看他的面色渐渐红润起来，再摸他的胸口，发现已经有了些温度。过了一会儿，人就苏醒了。后来，文合想要检验一下这一切是不是真的，就到弋阳县去，写了封名帖想要拜见县令。他问县令：“您的女儿是不是已经死去又复活了？”他详细描述了那女子的容貌、装束、说过的话，以及他们从头到尾交谈的经过。

县令便进去问自己的女儿，他们说的果然一样。县令心中大为惊叹，最终把女儿许配给文合做妻子了。

死而复生的李娥

汉献帝建安四年二月，武陵郡充县人李娥六十岁，因病而死，埋在城外已经有十四天了。

李娥的邻居蔡仲听说李娥很富有，想着她的棺材里应该有很多陪葬的黄金珠宝，就想偷偷挖坟取宝。他用斧子去劈棺材，才劈了几下，就听见李娥在棺材里说："蔡仲，你可要小心我的头啊。"蔡仲吓了一跳，赶紧逃走了，正好被县里的官吏看见，就把他抓走了。按照法律，蔡仲应该被杀头示众。

李娥的儿子听说自己母亲活过来了，赶紧跑过来将母亲接了回去。武陵郡太守听说李娥复活了，就把她召过来问她案情。李娥对他说："听说我是被司命星君误召过去的，后又被放出来。我路过西门外的时候，正好看见了我的表哥刘伯文，我们都很惊讶，一边相互安慰，一边哭泣。我跟表哥说：'伯文，我在某天被误召过来，现在能回去了。我既不知道路怎么走，一个人也无法独自上路，你能给我找个同伴吗？况且我被召过来已经有十几天了，身子肯定已经被家人埋葬了。我回去，又该怎么从坟墓里出来呢？'伯文说：'我替你问一下。'于是就派看门的小官去跟户曹商量说：'司命在某天误召了武陵郡的李娥，今天送她回去。可是李娥在这里已经很多天了，家里已经料理了丧事，棺材也已经落葬，如何才能使她从坟墓里出来呢？况且她一个弱女子又怎么独行回去呢，路上能否有个同伴呢？她是我的表妹，希望您能给她安排妥当。’对方回答说：‘今天武陵郡西边有个叫李黑的男子，也被放回去了，可以让他们结伴回去。顺便安排李黑到李娥的邻居蔡仲家，让蔡仲把她挖出来。’我这才得以出来，跟伯文道别。伯文说：‘我这里有封信，你把它带给我儿子刘佗。’于是我就跟李黑一同回来了。事情就是这样。”

太守听了她的话，慨叹道：“天下事真是不可预料啊。”于是就把这件事上报了朝廷，认为蔡仲虽然盗墓，但那是鬼神安排他做的。他即使不想盗，也不得不做。所以应该减轻对他的处罚。皇上下诏批准了他的建议。

太守想要验证他们说的话是否属实，便派马倌(guān)到武陵西边去询问李黑。李黑说的话跟李娥一样。然后又把伯文的信交给刘佗。刘佗认出来那信纸就是他父亲死的时候随葬木箱里的纸。打开信一看，上面的文字还在，但是看不懂。于是便请费长房来读信。费长房念道：“告诉刘佗：我将跟着府君外出巡视，八月八日日中的时候会在武陵城南的水沟旁待一会儿，你到时候一定要过来。”

到了约定的日子，刘佗带着一家老小在城南等待。过了一会儿，果然听见隐隐约约有人马的声音。到了水沟旁，便听见有人在喊：“刘佗过来。你拿到我让李娥带给你的信了吗？”刘佗回答：“拿到了，所以才会来这里。”伯文依次念着家中老小的名字，悲伤欲绝，说：“生死异路，我不能经常得到你们的消息。我死后，儿孙们长大不少。”过了一会儿，又对刘佗说：“明年春天会有瘟疫，我给你一颗药丸，你把它涂在门上，就可以躲避明年的瘟疫。”说完，忽然就离开了，竟然一直不能看见他的模样。

等到第二年春天，武陵郡果然瘟疫肆虐，大白天的都能看见鬼魂。只有伯文家，鬼不敢进去。

费长房仔细观察了那颗药丸说：“这是方相脑啊。”

xū

死而复生的史姁

汉代，陈留郡考城县的史姁，字威明。他年少时生病，临死的时候对母亲说：“我死了应该还会复活。你将我埋葬后，把竹竿插在我坟墓旁。如果竹竿断了，你就把我挖出来。”

等他死后，他的母亲就按照他的话在他的坟旁插了一根竹竿。七天后，到坟前一看，竹竿果然断了，于是就把他挖出来，他又活过来了。他走到井边，洗了个澡，恢复得像往常一样。

后来，他乘邻居的船到下邳县去卖锄头，没有按时卖完，他说：“我想回趟家。”人们都不相信他，说：“这么远的地方怎么可能一下就回去了？”他说：“一个晚上就能回去。”大家便写了家书要他带回去，以此为证。他真的一个晚上就回去了，家人们也都拿到了信。

考城县县令、江夏郡鄳(méng)县人贾和听说姐姐在老家生病了，他想要马上得到消息，就请史姁帮忙探望。三千里路途，史姁只用了两个晚上就送回来了消息。

死而复生的贺瑀(yǔ)

会稽郡的贺瑀，字彦琚，生了病，一直不省人事，只有胸口还有点余温。死去三天以后，又活了过来。

他说：“有小吏带着我上天，我看见了官府，跟着他们进入弯弯曲曲的房子。房屋中间有个好几层的架子，最上面那层有个印章，中间那层有把剑。他们让我任意拿一个。我个子矮拿不到最上面的，只能拿到中间那层的剑。我带着剑出来时，小吏问我：‘你拿到了什么？’我说：‘拿到了剑。’他说：‘真可惜你没拿到那个印章。那个可以诏令百神，拿到剑只能召唤土地神罢了。’”

他病好了以后，果然有鬼来拜访，自称是土地神。

死而复生的戴洋

戴洋，字国流，吴兴郡长城县人。十二岁那年，病死，五天后又活过来了。他说他死的时候，天帝的使者叫他去做藏酒吏，给他符箓，还交给他下属和旗帜。行经蓬莱、昆仑、积石、太室、庐、衡等山，然后又把他送回来了。

戴洋复活后便精通占卜，他推算吴国将要灭亡，于是便借口生病，不入仕途，回归家乡。路过濑乡老子祠门前，发现都是他过去死的时候所到过的地方，只是再也看不到昔日的景象了。

于是，他就问看庙的人应凤说："二十几年前，曾经有人骑着马往东边去，经过老君祠庙也不下马，所以还没到桥边就坠马而死了，是不是有这样一个人？"应凤说是有这么个人。戴洋又问了些事，应凤的回答都跟他说的差不多。

死而复生的柳荣

吴国临海郡松阳县的柳荣，跟随吴国丞相张悌到扬州去。柳荣染病，死在了船上。第二天，将士们已经上岸，没人去埋葬他，他忽然大喊大叫，说："有人绑了军师！有人绑了军师！"他喊叫的声音很响亮，然后就醒过来了。

大家就问他发生了什么，柳荣说："我到了天上北斗星君门下，忽然看见有人绑了张悌。我心里十分震惊，不禁大叫起来：'为什么要绑军师？'北斗门下的人生我的气了，呵斥我赶紧离开。我心里恐惧害怕，不由自主地又喊了几句。"

第二天，张悌就战死了。柳荣到了晋元帝时期还活着。

昏睡的马势妻子

吴国富阳县人马势的妻子，姓蒋。如果村里有人快要病死，蒋氏就会昏昏沉沉地熟睡多天，等病人死了，她才会醒过来。

她醒来后，仔细描述了她昏睡时发生的事，家里人都不相信。她跟人说："某某生病了，我想杀了他，但是他的魂魄太强大，我杀不死。我来到他家里，看到架子上放着白米饭、几种鱼肉，我就偷偷躲到灶下面。我自己玩了一会儿，有个婢女无缘无故侵扰到了我，我就用力打她的脊背，她当时就昏过去了，过了很久才醒过来。"

她的哥哥生病了，有个黑衣人让她把她哥哥杀了。她向黑衣人求情，终于没能下手。她醒来后对哥哥说：“你会活下去的。”

死而复生的颜畿(jī)

晋武帝咸宁二年十二月，琅琊郡颜畿，字世都，生了病，去张瑳(cuō)家求医，死在了张家。他的尸体收殓进棺材里已经好几天了，家人准备将他落葬时，招魂幡总是缠在树上，解不开。人们都为他感到伤心。

抬棺材的人突然趴在地上，用颜畿的口吻说：“我寿命未到，还不该死去，只是服用了太多的草药，伤到了我的五脏。我今天就会活过来，千万不要将我埋了。”他的父亲抚摸着棺材祈祷，说：“你要是还有命，还能活过来，难道亲人不希望如此吗？我们现在就回家去，不会将你埋葬。”招魂幡这才解开。

等他们回到家，他的妻子梦到颜畿说：“我要活过来了，快打开棺材。”这天晚上，颜畿的母亲和家人也梦到了。他们想要打开棺材，但颜畿的父亲就是不同意。颜畿的弟弟颜含，当时还很年幼，他慨叹：“不寻常的事，自古就有。今天发生了这样灵异的事情，打开棺材难道比不打开导致生死异路还痛苦吗？”他的父母这才同意开棺。

他们打开棺材后，发现颜畿真的活了过来。只是他用手抓棺材，手指破了，指甲掉了，而且他的气息很微弱，是死是活都分辨不清了。于是，家人急忙用棉布蘸了水送到他唇边，他还能够咽下，于是就把他抬了出来。家人照看了几个月后，他的饮食稍微多了些，能睁眼看了，手足也能勉强伸开和弯曲。但是跟正常人还是不一样，他还不能说话，想要吃什么也只能托梦给家人。

这样一直过了十几年，家里人疲于照看，不再仔细照料他。颜含便不再做别的事，亲自侍奉养护颜畿，因此闻名于州县。颜畿的身体后来更加衰弱了，最终还是死去了。

羊祜(hù)的金环

羊祜五岁的时候，让他的乳娘为他去取他玩的金环。乳娘说：“你之前没有这东西。”羊祜就来到邻居李氏家东边的一棵桑树中摸到了金环。

李氏惊讶地说：“这是我死去的孩子丢了的东西，你们怎么能拿走呢？”乳娘就把之前的话都告诉了李氏，李氏十分悲痛。当时的人都对这事感到很神异。

死而复生的汉宫女

汉朝末年，关中大乱，有人盗挖前汉宫人的坟墓，发现里面的宫女还活着。宫女出来后，恢复得跟以前一样。

魏文帝的郭皇后很喜欢她，就把她安排在宫里，陪伴自己。问她关于汉朝宫廷的事，她总能说得头头是道。

后来，郭皇后死了，她因伤心哭泣过度也死了。

棺中生妇

魏国时期，太原有人盗墓，打开棺材后，发现棺材里有个女人还会呼吸，就把她抬了出来，跟她说话，发现的确是个活人。

人们把她送到京城，问她过去的事，她都记不清了。看那坟旁的树已经有三十年的样子，不知道这个女人是一直在坟里活了三十年，还是正好活过来的时候遇见了盗墓贼。

死而复生的丫鬟

晋朝的杜锡，字世嘏（gǔ），家里人将他下葬时，有个婢女误入坟墓最终没能出来。

十几年后，家人打开坟墓准备将杜锡夫妇合葬时，发现那个婢女还活着。她说：“一开始就好像死去了一样，过了一会儿，又慢慢有了知觉。”家人问她这十多年是怎么过来的，她说：“就好像睡了一觉。”

这个婢女被埋的时候才十五六岁，等开棺后，发现她还是以前的模样。后来，她又活了十五六年，还嫁了人，生了孩子。

冯贵妃恍如生前

汉桓帝的冯贵人，因病而亡。

汉灵帝时期，有盗墓贼打开了她的棺材。七十几年过去了，冯贵人的模样还像过去一样，只是身体有些微冷。

后来，窦太后全家被诛，朝廷想让冯贵人与汉桓帝祔祀宗庙。下邳县的陈公上奏说：“冯贵人生前虽然深受汉桓帝喜爱，但是她的尸体被人玷污了，不应该跟皇帝一同祔祀宗庙。”

于是，朝廷就让窦太后祔祀宗庙。

广陵墓

吴国孙休在位时期，戍边的将士在广陵四处挖坟，用棺材的夹板来筑城墙，但这些城墙有很多都崩坏了。

后来他们又挖到一座大墓，墓里有两重阁楼，每扇门窗都能旋转、开阖，四周是通道，能通车轿。墓室高度可以骑马，里面还铸有几十个铜人，都有五尺高，戴着高高的帽子，穿着红色衣服，手里握剑，排列在两边。灵位旁边也立有铜人，他们身后的石壁上刻着字。说是殿中将军，或者说是侍郎、常侍。这墓看起来是个王侯的坟墓。

将士们打开棺材，里面有个人。头发已经花白，穿着颜色鲜亮的衣裳，面色像个活人。棺材里有几尺厚的云母石，尸体下面垫着三十枚白玉璧。将士们一起把尸体抬了出来，靠在墓壁上。有块几尺长、冬瓜形状的玉从尸体的怀里掉了出来，落到地上。尸体的两耳和两鼻孔中都塞着枣子大小的黄金。

栾(luán)书墓

汉代广川王喜欢挖墓，他挖栾书墓的时候，墓里的各种随葬物品都已经腐烂了，只有一只白狐，看见人就吓得跑掉了。随从们追也追不上，只是用戟刺伤了它的左脚。

当天夜里，广川王梦见一个男子，眉毛头发都已经白了，对他说："你为何打伤我的左脚？"于是就用手杖敲打广川王的左脚。广川王醒后，觉得自己的左脚又肿又疼，很快长了个疮，直到死都没治好。

卷十六

三个疫鬼

传说颛顼有三个儿子，死后都变成了疫鬼：一个住在江边，是疟鬼；一个住在若水里，是魍魉鬼；一个住在别人家，擅长惊吓小孩，叫小鬼。

因此每年正月，方相氏都会率领众人跳傩(nuó)戏来驱赶这三个疫鬼。

挽歌的由来

挽歌是办丧事的人家专用的乐曲，由牵引灵柩下葬的人一起唱。挽歌的歌词里有《薤(xiè)露》和《蒿里》两章，是汉代田横的门客写的。

田横自杀后，他的门客为他感到悲伤，于是就唱悲歌：人如薤叶上的露水，容易晾干消失。又说人死后，精魂将回归到蒿草丛里。

所以，挽歌有两章。

阮千里见鬼

阮瞻，字千里，一直坚持无鬼论，没有人能说服他。每次谈论到此事，他常说无鬼论足以明辨是非曲直。

忽然有个客人报上名号来拜访阮瞻，他们寒暄了一番后，开始谈论名理。客人很有才华，阮瞻跟他谈了很久，谈到了鬼神之事。他们争论得很厉害，客人说不过他，于是变了脸色说：“古今圣贤都说鬼神是存在的，为什么你非说没有呢？我就是鬼啊。”于是就变成了怪异的形状，一眨眼就消失不见了。

阮瞻默然，脸色很难看。一年后，他就病死了。

黑衣白领的客人

吴兴郡施续任寻阳总督，擅长辩论。他有个学生也很会讲道理，一直坚持无鬼论。

忽然有个黑衣白领的客人来拜访他，他们一同谈话，于是就谈到了鬼神之事。他们争了很久，客人争不过他，就说：“你特别善于争辩，但是道理不足。因为我就是鬼，你怎么说没有鬼呢？”学生就问他：“你是鬼，那你来找我做什么？”鬼说：“我受命来取你性命，期限就是明天吃早饭的时候。”学生连忙向他求情，言辞凄苦。鬼问：“有什么人长得像你吗？”学生回答：“施续麾下有个都督跟我长得很像。”

于是他们就一同去找这个都督，与他相对而坐，眼看着鬼拿出一个几尺长的铁凿，对着都督的头敲打下去。都督说：“我觉得自己有点头疼。”过了一会儿疼得更加厉害了。吃顿饭的工夫，都督就死了。

蒋济亡儿托梦

蒋济，字子通，楚国平阿人，在魏国做官，任领军将军。他的妻子梦见死去的孩子哭着对她说：“死生异路，我活着的时候是将侯子孙，如今死了在地下，做了泰山的一个役卒，终日面容憔悴，困苦不堪，无法言说。如今太庙西面有个叫孙阿的唱赞人将要被召为泰山令，我希望您告诉父亲，让他嘱咐孙阿，将我调到轻松快乐的地方。”孩子刚说完，蒋济妻子忽然就惊醒了。

第二天，蒋济妻子将这梦告诉了蒋济。蒋济说：“梦是虚假的，没什么好大惊小怪的。”到了晚上，孩子又托梦对蒋济妻子说："我被派来迎接新的泰山令，趁着没有赶路在泰山庙下休息的时候才能回来。新泰山令明天中午就会上路。临近出发事情太多，就没有机会再回来了，所以要与您永别了。我父亲身上阳气太强，我无法托梦给他，所以才来找母亲，希望您再劝一劝父亲，为什么就不试一下呢？"于是他讲述了孙阿的相貌特点，说得很详细。

天亮之后，妻子又对蒋济说："虽然说梦不足怪，但是怎么会这么清晰？为什么不去验证一下呢？"蒋济便派人到太庙西面去打听孙阿这个人，果然找到了他，他的样貌和蒋济儿子描述的一样。蒋济哭着说："差点辜负了我的儿子。"

于是蒋济就召见孙阿，跟他说了这些事。孙阿也不怕死，并且为自己能当泰山令感到高兴，但他担心蒋济说的话不可信，就说："如果真的如您所说，我心里也十分高兴。不知道您儿子想要做个什么官职？"蒋济说："你随便给他安排个轻松的职位就好了。"孙阿说："一定遵命。"蒋济厚谢了孙阿。说完话，就遣送走了孙阿。

蒋济想知道这件事是不是真的，便在领军门到太庙的路上，每十步安排一个人，以便传送消息。辰时，有消息传来说孙阿心口疼。巳时，说孙阿心疼加剧。到日中时，传来消息说孙阿死了。蒋济说："虽然哀痛我儿子遭遇的不幸，但高兴的是能得到他死后的消息。"

后来过了一个多月，他儿子又托梦对蒋济妻子说："我现在已经转为录事了。"

孤竹君的浮棺

汉代令支县内有一座孤竹城，是古代孤竹君建立的国家。

汉灵帝光和元年，辽西人看见辽水上漂浮着一副棺材，想用斧头把它砍了。棺材里的人说：“我是伯夷的弟弟孤竹君。海水冲坏了我的棺椁，所以我才会四处漂流。你为什么要砍我呢？”

那人害怕，不敢砍了。人们为此建了座祠庙来祭祀他。官民有想把棺材打开看看的，都无缘无故地死去了。

温序托梦

温序，字公次，太原郡祁县人，任护军校尉。

他到陇西去巡察，被隗嚣的部下追杀，想要活捉他。温序大怒，用符节打死了人。贼人追上来，想要杀了温序。荀宇制止他们说：“他是个义士，就让他为气节而死吧！”于是递给温序一把剑，让他自尽。

温序接过剑，将胡子含在嘴里，叹息说：“不能让我的胡子沾到尘土。”于是举剑自杀了。

光武帝听说后，很怜惜温序，命人把他的尸体送到洛阳城旁埋葬，为他建造坟墓。

他的长子名温寿，任印平侯，梦见温序托梦对他说："我客居他乡太久，很怀念我的家乡啊。"温寿立马辞去官职，上书请求将父亲的尸骨迁葬回乡，光武帝应允了。

文颖依梦移棺

汉代，南阳郡文颖，字叔长，建安年间任甘陵府丞。

他出境途中投宿，三更时梦见一个人跪在他跟前说："很久以前，我的先人将我葬在这里。河水上涨淹没了我的墓室，棺材泡在水里，现在被水淹了一半了，我找不到能让我温暖的地方。我听说你在这里，所以来求你，希望你明天在这里待一会儿，帮我把坟墓迁到高处干燥一些的地方。"鬼露出自己的衣服给文颖看，全都湿透了。

文颖心里觉得很难受，然后就醒了。他把这事告诉了身边的人，并说："梦向来是虚幻的，何足为怪？"文颖又接着躺下睡了，梦见那鬼对他说："我已经把我的窘迫都告诉你了，你为什么不可怜我呢？"文颖在梦中问他说："你是谁？"那人说:“我本是赵国人，现归汪芒氏之神管辖。”文颖说:“你的棺材现在在哪里呢？”那人回答:“就在您军帐北面十几步靠近水边的一棵枯杨树下。天快要亮了,我再也不能见到您了,您一定要记住我的话。”文颖回答:“好。”然后就醒过来了。

天亮了，快要出发的时候，文颖说:“虽说梦不足怪，但为什么这么凑巧呢？”身边的人都说:“这点时间不必在乎，为何不去验证一下呢？”

文颖立马起身，带着十几个人沿河往上走，果然看到一棵枯杨树。他说:“应该就是这个了。”于是就在树下挖了起来，没多久，就挖到了棺材。棺木已经朽坏，有一半泡在水里。文颖对身边的人说:“向来听人说，以为那是假的。看来世俗传言，不能不验证一下。”就把那棺材迁走，埋好后才离开。

苏 娥 托 梦

汉代,九江郡的何敞任交州刺史。他到苍梧郡高安县巡查,晚上借宿在鹄奔亭。

还没到半夜，有个女人从楼上下来，对他说:“我姓苏，名叫苏娥，字始珠，本是广信县修里人。早年失去父母，我也没有兄弟，就嫁给了同县的施氏。我命薄，丈夫也死了，只留下一百二十匹杂色丝织品和一个婢女，她名字叫致富。我孤苦无依，身体羸弱，没办法养活自己，想到邻县去卖丝织品。我从同县男子王伯那里租了一辆牛车，花了一万两千钱。我让致富驾牛车，带着我和丝织品于前年四月十日来到这亭外。

“当时天已经快黑了，路上也没行人了，我们不敢再赶路，就在这亭里休息。致富忽然肚子疼得厉害，我就到亭长家里去讨汤水和火种。亭长龚寿带着戈戟来到我们车旁，他问我：‘夫人你从什么地方来？车上装的是什么？丈夫在哪里？为什么一人独自出行？’我回答：‘不劳你问这些。’龚寿就一把抓着我的胳膊说：‘少年喜欢漂亮女人，我想要与你快活一番。’我心里害怕，不肯屈从。龚寿立马用刀刺我腋下，我当场就死去了。他又刺致富，致富也死了。

“龚寿在楼下挖了个坑，将我和婢女合埋，把我埋在下面，致富埋在我上面。他抢夺了我们的财物，又杀牛烧车，把车钉和牛骨扔在亭东面的一口枯井里。我死得太冤了，痛感天地，无处可诉，所以特来告诉你这贤明的使君。”

何敞问：“我如果把你的尸体挖出来，怎样才能证明那是你呢？”女子说：“我身上穿着白衣，脚上穿着一双青丝鞋，至今没有朽烂。只愿大人去我乡里问问，将我的尸骨跟我丈夫合葬在一起。”

何敞到楼下去挖，果然挖出来两具尸体。何敞立马回去，派官差将龚寿抓捕，严刑拷问，龚寿认罪了。何敞到广信县走访,果然和苏娥说的一样。龚寿的父母兄弟也全都被抓捕了。

何敞上奏说:“按常律，杀人不至于连累亲人。然而龚寿是作恶首犯，他的亲人为他隐瞒多年，这是法律不容许的，以至于冤魂亲自诉冤，几千年来都没听说过这样的事情。所以请求将龚寿家人全都斩杀，以慰藉死去的亡魂，明鬼神，助阴德。”报上去之后，皇上听从了他的建议。

曹操的幽灵船

濡须口有一艘大船，船淹没在水里，退潮时就会出现。老一辈说:“这是曹公的船。”

曾有个渔夫,晚上在这船旁休息,把自己的船系在这船上。他听见有丝竹管弦之声，还能闻见幽幽香气，非同寻常。渔夫刚刚睡着，就梦见有人驱赶他说:“别靠近官妓。”

相传曹操载官妓的船就是在这里淹没的，至今还在这里。

夏侯恺的亡灵

夏侯恺，字万仁，因病而死。

他族人的孩子叫苟奴，向来能看见鬼神。他看见夏侯恺的鬼魂回来了好几次，想要取走自己的马，还让他的妻子也患了病。他戴着平顶的头巾，穿着单衣，坐在自己活着时常坐的靠着西墙的坐榻上，向人要茶喝。

显姨脸上的墨点

诸仲务有个女儿叫显姨，嫁给米元宗为妻，后来难产死在了家里。

听民俗说，难产死去的人，要在脸上点上墨点。她的母亲不忍心，诸仲务就亲自偷偷点了，没人知道。

米元宗初任始新县县丞时，梦见他的妻子爬上了他的床，她新擦了粉的脸上分明有墨点。

王 昭 平

晋朝时期，新蔡王昭平将一辆牛车的车架放在大厅里。夜里，车架无缘无故跑到书斋里来了，撞到墙壁后又自己出去了。后来又数次听见吵闹攻击的声音,从四面八方汇集而来。

于是王昭平召集众人设置弓弩准备战斗。朝着声音发出的地方放箭，而鬼们被箭射中，全都倒到地下土中去了。

杨 度 遇 鬼 弹 琵 琶

三国时，吴赤乌三年，句章县百姓杨度准备到余姚县去。

他夜里赶路的时候遇见一个少年，怀抱琵琶请求搭车，杨度同意了。少年弹了几十支曲子，弹完后，忽然吐出自己的长舌，瞪着眼珠，把杨度吓个半死就跑了。

杨度又走了二十里左右，遇见一个老头儿，自称王戒。于是杨度又载了他一程。杨度说：“鬼很擅长弹琵琶，弹的曲子都十分哀伤。”王戒说：“我也会弹琵琶。”

这老头儿就是之前那个鬼，他瞪着眼珠，吐出长舌，又把杨度差点儿吓死。

秦巨伯遇庙神

琅琊郡的秦巨伯，六十岁。他曾经夜里外出饮酒，路过蓬山庙，忽然看见他的两个孙子出来迎接他。他们扶着秦巨伯走了一百多步，忽然把他的脑袋按在地上，骂道："老奴，你那天打我，我今天要杀了你。"秦巨伯一想，自己确实在某天打了两个孙子，于是就躺在地上装死。那两个孙子扔下他自己走了。

秦巨伯回到家里，准备处置这两个孙子。两个孙子都很惊惧，一边磕头一边说："我们做子孙的怎么会这样呢？这可能是鬼魅吧，请您再试探一下。"

秦巨伯这才有悟。过了几天，他装醉来到这庙前，又看见两个孙子来扶他。他一下把两个孙子夹在腋下，让他们无法动弹，到了家里，发现原来是两个人偶。秦巨伯用火烤它们，把它们的腹背都烧焦了，扔在院子里，结果它们夜里乘机逃跑了。

秦巨伯遗憾自己没能把它们杀了。一个多月后，他又装醉在夜里走，怀里揣着刀到庙里去。家里人不知道，发现他半夜都没回来。两个孙子担心他又被鬼缠住了，就一同去庙里找他。结果，秦巨伯把他们刺死了。

三 个 醉 鬼

汉光武帝建武元年，东莱郡有个人姓池，家中酿酒。

一天，有三个奇怪的客人一同带着饭菜来到他家，向他讨酒喝，喝完之后就离开了。

过了一会儿，又有人来，说看见三个鬼醉倒在树林里。

钱 小 小 显 灵

吴国先主孙权杀死了武卫兵钱小小。

有人看见钱小小在大街上现形，拜访了专门帮人租赁的吴永，让吴永送一封信到大街南边的庙里去，借两匹木马。钱小小将酒喷在木马上，它们立刻变成了两匹好马，马鞍和马嚼子都齐备。

宋定伯捉鬼

南阳郡的宋定伯,年少时走夜路遇见一个鬼。他问鬼是谁,

鬼回答说:“我是鬼。你又是谁?”宋定伯骗它说:“我也是鬼。”鬼接着问:“你要去哪儿?”他说:“我准备到宛市去。”鬼表示自己也要去宛市,于是就一起赶路。

走了几里路,鬼说:“这样走太慢了,要不我们互相背着走吧,怎么样?”定伯说:“很好啊。”鬼先背着定伯走了几里路,它说:“你太重了,莫非你不是个鬼?”定伯说:“我是只新鬼,所以身子还有些重。”定伯又背着鬼走,鬼几乎没什么重量。像这样几次后,定伯问道:“我是新鬼,还不知道我们怕什么?”鬼回答说:“就不喜欢人们朝我们吐口水。”

他们继续前行,遇到一条河,定伯让鬼先过河。他听鬼过河没有任何声音。定伯过河,声音特别大。鬼问:“怎么这么大声音?”定伯说:“我刚死没多久,还不擅长过河,所以才这样。你不要怪我。”

快到宛市的时候,定伯一把将鬼背到肩上,紧紧地抓住它。鬼大叫,声音很恐怖。它让定伯放自己下来,定伯不听。径直到了宛市,定伯才把它扔在地上,鬼变成了一只羊。定伯把它卖了,担心它又变成鬼,就朝它啐了口唾沫,得了一千五百文钱,然后就走了。

当时石崇总是说:“定伯卖鬼,得钱千五。”

韩重的奇异婚事

吴王夫差的小女儿名叫紫玉，十八岁，才貌俱美。少年韩重，十九岁，会道术。紫玉心里喜欢韩重，私下里跟韩重往来书信，承诺要嫁给韩重为妻。

韩重要去齐鲁求学，临去之前，嘱咐父母去向吴王提亲。吴王震怒，不把紫玉嫁给他。紫玉郁结而死，葬在阊(chāng)门外。三年后，韩重归来，问他的父母关于提亲的事。父母说："吴王大怒，紫玉郁结而死，已经埋葬了。"韩重悲伤痛哭，准备了祭祀物品到紫玉坟前悼念。紫玉的魂魄从坟墓里出来，看到韩重后哭着说："你走之后，你的双亲来向我父王提亲，原想着必能如愿，却不料我们离别后遭此命运，奈何！"紫玉看向一边，曲起脖子歌唱道：

南山有乌，北山张罗。
乌既高飞，罗将奈何！
意欲从君，谗言孔多。
悲结生疾，没命黄垆(lú)。
命之不造，冤如之何！
羽族之长，名为凤凰。
一日失雄，三年感伤。
虽有众鸟，不为匹双。

故见鄙姿，逢君辉光。

身远心近，何当暂忘。

歌唱完，紫玉泪流满面，邀请韩重与她一起回到坟里去。韩重说:“死生异路，我担心会遭天谴，不敢跟你一同去。”紫玉说:“我也知道死生异路，但今日一别，永无后期。你是害怕我变成鬼后会害你吗？我诚心相待，你却不肯相信。”

韩重被她的话打动，送她回到坟里。紫玉邀请韩重一同饮酒，留了韩重三天三夜，行了夫妻之礼。韩重临走前，紫玉取出一颗一寸大的夜明珠送给他说:“我的名节已毁，希望也将落空，没什么好说的了。请你务必保重，去我家拜见我父王。”

韩重出来后去拜访了吴王，说了这件事。吴王大怒说:“我女儿已经死了，而你却造谣玷污亡灵，这不过就是盗墓所得的东西，找什么鬼神作借口？”他下令抓捕韩重，但韩重逃走了，跑到紫玉坟前将事情经过说给她听。紫玉说:“你不用担心，我今晚自己回去告诉我父王。”

吴王正在整理装束，忽然看见紫玉，惊愕悲喜，便问:“你怎么会出现？”紫玉跪着说:“过去，学生韩重来向我求婚，父王不准，我背弃名节与情义，自己郁结而死。韩重求学回来，听说我已经死了，于是带着祭品来祭奠我。我感动于他的真情实意，就出来与他相见，然后把夜明珠送给他。他没有挖墓，愿父王不要迁怒于他。”

吴王夫人听见了，出来抱住紫玉，紫玉却化作一缕轻烟飘走了。

辛道度的奇异婚事

陇西郡的辛道度，到距离雍州城四五里的地方游学。他在路边看见一座大宅，门前站着一位青衣女子。辛道度来到门前求食，女子进门禀告给秦女。秦女命人将他带进来。

辛道度趋步来到阁楼内，见秦女坐在西榻上。辛道度自报姓名，又叙问了起居情况。寒暄完，秦女让他坐在东榻上，为他准备了饭食。吃完饭，秦女对辛道度说：“我是秦闵王的女儿，出嫁曹国，不幸还没见到丈夫就死了。我已经死了二十三年了，一直独居在此。今天你来到这里，我想与你结成夫妻，让你留宿三个晚上。”

三天之后，秦女对辛道度说：“你是活人，而我是鬼。与你相会只能有这三夜，你不能在此久居，不然会招致祸端。这三夜也没能极尽绸缪，我们就要分别了。我该用什么来表达我对你的心意呢？”随即命人取出床后的盒子，取出一个金枕送给辛道度作纪念。他们哭着道别，秦女让青衣将辛道度送出去。没走几步，宅子就消失了，只有一座荒坟。

辛道度慌忙跑出来，发现金枕还在怀里，并没有什么变化。后来，他来到秦国，把金枕拿到市集上去卖。恰好遇到秦妃来此游玩，她看见辛道度在卖金枕，便要过来细看，质问辛道度金枕是从哪里来的。辛道度便把事情的经过告诉了她。

秦妃听后，悲伤痛哭，难以自拔，但又怀疑辛道度说的话，便派人去挖坟开棺。坟里别的随葬品都在，只有金枕不见了。秦妃这才相信，她感慨说："我女儿是神灵啊，死去二十三年了，还能与活人交往。这人是我的真女婿啊。"于是封辛道度为驸马都尉，赏赐他金帛车马，送他回到他的国家去了。

在这之后，人们常称女婿为"驸马"，现在皇帝的女婿也称"驸马"了。

谈生的奇异婚事

汉代有个谈生，四十岁了尚未娶妻，经常三更半夜声情并茂地诵读《诗经》。

某天夜里，有个十五六岁的女子，衣着容貌，天下无双，说想要与谈生结为夫妻。女子说：“我跟人不一样，你不要用明火照我。三年之后，才可以照。”

他们结成夫妻，生下一个儿子。过了两年，谈生忍不住，夜里等女子睡着后，偷偷用火去照女子。他发现女子的腰部以上已经长出肉，跟人一样，而腰部以下只有枯骨。女子醒了，对他说：“你辜负了我。我就快要复活了，你为什么不能再忍一年呢，为什么要用烛火照我呢？”谈生道歉，女子只是哭个不停，又说：“我与你的情分虽然到此为止了，但我忧心我的孩子会因为贫苦而活不下去，你还是先跟我来吧，我送你一些东西。”

谈生跟着女子去了，进入一间华丽的屋子，里面的东西都贵重不凡。女子送给谈生一件珠袍，说：“有了这个你就能自给自足了。”她又剪下谈生一片衣襟留作纪念，谈生就离开了。

后来，谈生带着珠袍到集市上去卖，睢阳王买下了，给谈生一千万钱。睢阳王认得这衣服，说：“这是我女儿的衣服，怎么会在集市上卖呢？肯定是被人盗墓了。”于是就把谈生找来拷问，谈生便将事情的经过告诉了他们。

睢阳王还是不信，便去查看女儿的坟墓，坟墓完整如初。打开棺材一看，棺盖下果然有一片谈生的衣襟。他们又把谈生的儿子喊过来看，长得的确很像睢阳王女儿。睢阳王这才相信。于是把谈生叫过来，送了他很多东西，把他当作自家女婿来对待，又上表让他儿子做了郎中。

卢 充 的 奇 异 婚 事

卢充是范阳郡人，他家西面三十里的地方，有一座崔少府的墓。

卢充二十岁，在冬至前一天离家到西面去打猎。遇见一只獐子，卢充举弓射箭，射中了它。但这只獐子倒下之后，又起来跑了。于是他去追那只獐子，不知不觉追出去很远。

忽然他看见道路北面约一里的地方，有高门瓦屋，四周高墙，像是某家府邸的样子，再也看不见那只獐子了。只听见门里面有个守卫吆喝着："客人到！"卢充问："这是什么府邸？"守卫回答："这是少府的府邸。"卢充又说："我衣着粗陋，哪里敢去拜访少府呢？"随即就有一人带来崭新的衣帽，说："这是府君送您的。"

卢充便换上了新衣，进门拜访少府，自报家门。酒过三巡后，少府对卢充说："令尊不嫌弃我门第鄙陋，曾送过书信，想要为你向我家小女求亲，所以我把您接了过来。"然后把书信拿出来给卢充看。卢充父亲死的时候，卢充尚且年幼，但是已经能分辨父亲的笔迹。卢充见信潸然泪下，便不再推辞。

崔少府便对着里面的人说："卢郎已经来了，快让小姐梳洗打扮。"然后又对卢充说："你可以先到东廊休息。"等到黄昏时分，里面的人回禀说："小姐已经梳妆完毕了。"卢充来到东廊，小姐已经从马车上下来了，两人站立在席前，拜了天地。

婚后三日宴请宾客，崔少府对卢充说：“你该回去了。我女儿已经怀孕了。如果生下男孩，会将孩子送还给你，你不必担心。如果生下女儿，我们留下来自己抚养。”然后命令下人准备车马送卢充离开。

卢充告辞出门，崔少府把他送到中门，握着他的手，挥泪告别。卢充一出门就看见一辆牛车，套着青牛，又看见自己原本穿着的衣物和自己的弓箭都放在门外。一会儿，崔少府派人带着一包衣物送给卢充说：“姻缘刚刚开始就要分别了，真让人惆怅。这衣物被褥你留作纪念。”

卢充坐上牛车，那车行驶起来像闪电一般迅速，一眨眼他就到家了。他与家人重聚，悲喜交加，交谈间才知道崔少府已经死去，而自己去的是他的坟墓。他后悔不已。

别后四年的三月三日，卢充在水边游玩，忽然看见水边有两辆牛车上下浮沉，眨眼就到了跟前。与卢充一起的人都看见了。卢充走到车子后面打开车门，看见车里坐着的正是崔氏女和一个三岁男童。卢充看见他们，欣然想要去握她的手。崔氏女抬手指着后面那辆车说：“府君想见你。”然后他便去拜见崔少府。

然后卢充又对他们母子俩嘘寒问暖。崔氏将儿子抱还给卢充，又送给他一只金碗，并且赠诗道：

煌煌灵芝质，光丽何猗猗！

华艳当时显，嘉异表神奇。

含英未及秀，中夏罹霜萎。

荣耀长幽灭，世路永无施。

不悟阴阳运，哲人忽来仪。

会浅离别速，皆由灵与祇。

何以赠余亲，金鋺可颐儿。

恩爱从此别，断肠伤肝脾。

卢充接过儿子、金碗和赠诗，一转眼那两辆牛车就不见了。

卢充带着孩子回去，四周的人以为他的儿子是鬼魅，都远远地朝着孩子吐口水，可是孩子还是原来的样子。人们问他："你父亲是谁？"孩子就径直扑到卢充怀里。大家起初觉得厌恶，后来看到崔氏的诗，都感慨阴间阳世还能相通的玄妙。

卢充后来乘车去集市卖金碗，故意提高价格，不想立刻把碗卖了，只希望能遇见认识这只碗的人。后来，果然有个老婢女认出来这只碗，回到家里跟主人说："我在集市上看见一个人坐着车，在卖崔氏女儿棺材里随葬的金碗。"那家主人就是崔氏的亲姨妈。崔家姨妈便派自己儿子到集市上去看，果然和那婢女说的一样。他上车自报了姓名，对卢充说："从前我姨妈嫁给崔少府，生下一个女儿，还没出嫁就死了。家里人十分伤心，赠给她一只金碗，放在她的棺材里。你能说说你是怎么拿到这只碗的吗？"

卢充便把事情的前后经过都告诉了他。这孩子也为此感到悲伤，便带着那只碗回去告诉了自己的母亲。他母亲又让他去卢充家拜访，把卢充的儿子接过来看看。亲戚们都聚了过来，说这孩子确实长得像崔家女儿，也有些像卢充的模样。孩子和金碗都验证了这件事。崔氏的姨妈说：“我外甥女是三月末出生的。她父亲说：‘春，是天气暖和的意思。希望她健康吉祥。’就给她取名‘温休’。‘温休’大概就是阴婚的意思吧，很久之前就有预兆了。”

这孩子后来成了大器，历任郡县郡守，俸禄二千石。他的子子孙孙都做了官，到了卢植（字子干）这一代，更是闻名天下。

西门亭遇鬼

东汉时期，汝南郡汝阳县的西门亭里有鬼魅出没，要是有行人在那里留宿，就会死去。那些被鬼害死的人，都没了头发，还被吸食了精气。

问起这里的鬼魅的起因，人们都说早些年已经有了些怪物。后来，郡里的侍奉掾宜禄县的郑奇来这里，在距离这亭子六七里的地方遇见一个容貌端正的女子请求搭车。起初郑奇觉得有些为难，但还是让她上车了。他们一同进了这亭子，到了楼下。亭卒对他们说："不可以上楼。"郑奇说："我不怕。"

当时天已经有些黑了，然后他就上了楼，与那女子一同休息。天还没亮，他们就出发离开了。亭卒上楼打扫时，看见一个死去的女人，吓了一跳，慌忙跑去告诉亭长。

亭长击鼓唤来各个官吏一同来察看。这女子是西门亭西北面八里外吴家的媳妇，刚刚死去，夜里准备收殓尸体的时候，家里的灯火忽然灭了。等到人们点燃灯火，这尸体就不见了。她的家人听说后就来把尸体运走了。

郑奇上路后，走了几里地，忽然觉得肚子疼痛。等到南顿县的利阳亭时，肚子更加疼了，然后就死在了那里。于是没人敢再上这楼了。

钟繇(yáo)遇美人

颍川郡钟繇，字元常，曾好几个月不上朝，意识和性情都有些异常。

有人问他怎么回事，他说："最近常有个容貌姣好的女人来找我，她长得十分美丽。"问他的人说："那一定是个妖怪，你应该杀了她。"

后来漂亮女人来找他，不敢往前走了，就站在门外。钟繇问她：“你为何不进来？”她说：“你已经有了杀我的心思。”钟繇说：“没有。”然后又殷勤恳切地喊她进来，她这才进门。

钟繇心生恨意，又不忍心，但最终还是用刀砍了她，伤到了她的腿。女人出门后，用新棉花擦拭伤口，血流了一路。

第二天，钟繇命人按着血迹去寻找，最终来到一座大坟墓前。棺材里有个漂亮女人，像个活人一样，穿着白色练衣、红色绣花夹衫。她的左腿受了伤，用夹衫中的棉花擦拭了鲜血。

卷十七

张汉直家的怪事

陈国的张汉直到南阳郡，跟随京兆尹延叔坚学习《左氏传》。

他离家后几个月，有鬼怪附在他妹妹身上，模仿他的声音说：“我生病死在了路上，尸骨常常忍受着饥寒。我把两三双草鞋挂在屋后面的楮树上。傅子方曾送我五百文钱，我藏在了北墙下，都忘记拿出来了。我还买了李幼一头牛，契约藏在书箱里。”

家人按他说的去找，都找到了。他妻子不知道有这些事，妹妹刚从丈夫家回来，也不可能知道这些事，这些都是除了他本人没人知道的事情。家里人十分悲伤，以为这件事是真的。父母和他的兄弟们都穿着丧服，去为他迎丧。

他们来到离家几里的地方，遇到张汉直同其他十几个学生回来了。张汉直看着家里人，不知道他们为什么穿成这样。家里人看见张汉直，也以为是见鬼了。

张汉直惆怅很久，才上前拜见父亲，讲述了事情的本末。大家又悲又喜。凡所听到见到的事，像这样的不止一件，都是鬼怪作祟干的。

贞节先生范丹

汉代陈留郡外黄县的范丹，字史云，年轻时在县里做尉从佐使，奉命前去拜见督邮大人。

范丹是个有志气的人，怨恨自己只做一个小厮杂役，于是在陈留的大湖边，杀了自己骑的马，扔掉官帽，谎称自己被人劫持了。当时有个神仙来到他家说："我是史云，被贼人劫杀了。你们快到陈留大湖中去找我的衣物。"家里人去那里只找到一顶帽子。

范丹后来到了南郡，又辗转到了京畿地区，跟随贤明英杰游学了十三年。他回家的时候，家里人已经不认识他了。陈留郡的人对他的志气和操行评价很高，等他死后，追称他为"贞节先生"。

费季的金钗

吴国人费季长期在楚国客居，当时路上多有盗贼出没，他的妻子总是很担忧。

费季与一个同辈在庐山下的旅店里夜宿，互相询问对方离家多久了。费季说："我离家已经好几年了。出来时，我与妻子道别，说想要她一支金钗带在身上同行。我只是想看看她是不是真的愿意给我。拿到金钗后，我把它藏在我家门楣上。临出发时，我没想起来跟她说，所以这金钗应当还在门楣上。"

这天夜里，费季的妻子梦见费季对她说："我路上遇见了盗贼，已经死了两年了。你要是不信我说的话，我离家前拿了你的金钗，并没有带走，而是把它留在了门楣上。你可以去那里找回来。"

妻子醒后，去门楣上找钗子，果然找到了。家里便为费季办了丧事。一年以后，费季又回来了。

冒充虞定国的妖怪

余姚县的虞定国生得相貌堂堂，同县苏家女也是美貌无双。虞定国见了，心里很喜欢她。

后来，虞定国来到苏家做客，苏公留他过夜。夜里，他对苏公说："您的女儿十分美丽，我心里很喜欢她。今夜，是否能让她来陪伴我呢？"苏公认为他是乡里很有身份的人物，就让女儿出来陪伴他。之后他来了好几次，对苏公说："我无以为报，以后官府里若有什么差事，我一定为你留着。”

苏公很高兴，后来遇到乡里征召服役的事，苏公便前去拜访虞定国。虞定国大吃一惊，说：“我们都没有见过面，怎么会轻易答应你的要求？这里面肯定有什么问题。”苏公便把事情始末告诉了他。他说：“我怎么可能是那种求人父亲，玷污人家女儿的人？如果再见他，你应当杀了他。”

后来，苏公果然砍杀了一个妖怪。

蝉 精

吴国孙皓时期，淮南内史朱诞，字永长，任建安太守。

朱诞手底下有个给使（jǐ shǐ）的妻子得了怪病，她丈夫怀疑她与别人私通。后来丈夫出门，暗中凿穿墙壁偷看，正看见妻子在机上织布，远远地望着桑树上面，朝着那里说笑。给使抬头看那树上，看见一位少年，年纪十四五岁，穿着青色衣衫，戴着青色头巾。给使以为那真的是个人，就拉弓去射他。那少年立马变成了一只蝉，有竹箕一般大，张开翅膀飞走了。妻子也看见了，惊叫说：“啊！有人拿箭射你。”给使觉得这件事很奇怪。

后来过了些时间，给使看见有两个小孩子坐在路边说话，其中一个问：“为什么最近都没见到你？”另一个，也就是曾经在桑树上出现的那个少年回答说：“前阵子不小心被人射伤了，伤口恢复需要些时间。”那孩子又问：“现在怎么样了？”少年回答：“多亏了朱府君房梁上藏着的膏药，已经痊愈了。”

给使便对朱诞说：“有人偷了您府上的膏药，您知道吗？”朱诞说：“我的膏药放在房梁上很久了，别人怎么可能偷得到？”给使又说：“如果不相信，府君可以去看看。”朱诞极为不信，便试着去察看，那药瓶还像以前一样封着。朱诞说：“你真是胡说八道，这膏药还是跟以前一样。”给使又说：“你打开看看吧。”打开来一看，膏药已经没了一大半，像是被人一点一点刮掉的，上面还有蝉留下的痕迹。

朱诞大吃一惊，赶忙询问详情。给使这才把事情原原本本地告诉了他。

狐狸精

吴国时，嘉兴县的倪彦思住在县城西面很远的地方，忽然看见一鬼魅进了他家，与人交谈，饮食习惯都和人一样，就是不现原形。倪彦思有个婢女曾在背地里骂过主人，鬼魅对她说："我现在就去把这事告诉你主人。"倪彦思惩罚了这个婢女，从此以后再也没有人敢在背地里骂主人了。

倪彦思有个小妾，鬼魅想要追求她，倪彦思便去请道士来驱鬼。驱鬼的筵席上摆上了美酒佳肴，而这鬼跑到茅房里去取了草粪浇在筵席上。道士击鼓召神，鬼魅便带着夜壶在神座上吹出号角一般的声音。过了一会儿，道士觉得背上有点冷，吓得赶紧起来解开衣服看，居然是尿壶。于是道士就作罢离去了。

倪彦思夜里跟妻子在被窝里议论这只鬼魅带来的祸害，这鬼魅就在房梁上对倪彦思说："你和你妻子在说我坏话，我现在就要截断你家房梁。"于是房梁上便发出隆隆的锯声。

倪彦思担心房梁真的会断，便取来灯火照，鬼魅当即就把火熄灭了。锯房梁的声音越来越大,倪彦思担心屋子会倒塌，就把一家老小全都喊了出去，再拿灯火去照，发现房梁还是原来的样子。鬼魅哈哈大笑，问倪彦思说："你还说我坏话不说了？"

郡中典农听说了这件事，说："这鬼魅应该是一只狐狸精。"鬼魅便跑到典农家里说："你做官的时候贪污了几百斛稻米，藏在某某地方。你为官贪污，现在还敢议论我！我现在就要告诉官府,让人去取你所贪污的稻米。"典农十分害怕，急忙求饶。

从那以后再也没人敢说鬼魅的事了。三年以后，鬼魅离开了，不知道去了什么地方。

顿 丘 的 兔 子 怪

魏文帝黄初年间，顿丘境内有人骑马夜行，路上遇见一个怪物，有兔子一般大小，两只眼睛像镜子一样明亮，跳到马前，挡住了他的去路。这个人受惊吓从马上掉了下来，鬼魅便就地捉住了他。这个人惊恐之下，吓得昏死过去。

过了很久他才醒过来。醒来时，那鬼魅已经离开了，消失得无影无踪。这个人又上马赶路，走了几里后遇见一人，他们说了几句话，这个人便说起了刚刚遇到怪物的事，现在能遇到人结伴同行，心里十分开心。同行者说：“我一人赶路，能有你做伴，心里也很高兴。你骑着马走得快，你在前面走，我在后面跟着你。”

于是二人便一同上路。同行者问：“不知道你之前遇见的怪物长什么样子，居然让你害怕成那个样子？”那人回答说：“它的身子像只兔子，两只眼睛像镜子一般明亮，面容十分可怕。”同行者说：“那你回头看看我？”这个人回头一看，又是之前遇见的那个鬼魅。鬼魅便跳上马，于是这个人坠地，又吓死过去。

家人看到马自己跑回来觉得奇怪，便顺着路去找，在路边找到了他。那人昏睡了一宿才醒过来，醒来之后跟大家说了自己遇见的事。

度朔君传奇

袁绍，字本初，他驻守冀州的时候，有神出现在河东，自称“度朔君”。百姓一起为他建了一座祠庙，庙里有个主簿叫大福。

陈留郡的蔡庸任清河郡太守，路过这里，进庙拜谒。蔡庸有个儿子叫蔡道，已经死了三十年了。度朔君为蔡庸准备了美酒说：“令郎之前来过，他很想见你。”过了一会儿，蔡道来了。度朔君自称祖上有人在兖州做太守。

有个男子姓苏，母亲生病了，他到这庙里来祈祷。主簿说：“度朔君在招待仙人，请稍等片刻。”忽然听见西北面有鼓声，度朔君来了。过了一会儿，有个客人穿着黑色单衣，头上插着几寸长的五色羽毛过来了。这个客人走后，又有个人穿着白布单衣，戴着高高的帽子，帽子的形状像是鱼头，对度朔君说：“过去你来庐山，我们一起享用白李，想来没过多久，但算起来已经三千年了。日月推移，让人怅惘。”

这人离开后，度朔君对男子说：“之前来的那是南海君。”男子是个读书人，而度朔君通晓五经，又擅《礼记》。他与男子论礼，男子论不过他。男子求度朔君救治母亲的病。度朔君说：“你居所的东面有座老桥，被人们毁坏了。这座桥是人们日常通行之需，你母亲的病就是因为这而引起的。你能把它修好，你母亲的病差不多就可以痊愈了。”

曹操讨伐袁谭的时候，派人到度朔君的庙里借一千匹绢，度朔君不借。曹操便派张郃来毁庙。张郃的军队还差一百里就到了，度朔君派遣几万兵马，从四面八方包围过来。张郃的军队还没走上二里路，就被云雾笼罩，看不清庙的位置了。度朔君对主簿说：“曹公气盛，我们还是应该避开他。”

后来苏家和邻家都有神灵降下，听到度朔君说：“之前我搬到湖中去了，离开此地已三年。”度朔君又派人到曹操那里说，本想修缮自己的旧庙，但是那里地气衰退，已经无法居住了，因此想到他那里去寄居。曹操回答说：“很好。”于是修缮了整个北城楼给度朔君居住。

几天后，曹操狩猎得到一只猎物，大小像麑(ní)鹿一般，脚很大，皮毛洁白如雪，松软可爱。曹操用它擦脸，不知道它叫什么名字。夜里听见楼上有哭声说：“我孩子出门至今没回来。”曹操拍着手说：“这东西真该灭绝了。”第二天一大早带着几百只狗，将楼团团围住。狗闻到了气味，进楼里四处冲撞。只见有怪物像驴一般大，从楼上跳下，然后就被狗咬死了。从此这庙里的神仙就消失了。

竹 林 怪

临川郡的陈臣家里很富裕。

汉安帝永初元年，陈臣在斋房里坐着。他家院子里有一町竹林，白天忽然看见有个人，一丈多高，脸像“方相”，从竹林里走出来，径直走到陈臣面前，对他说：“我在你家好几年了，但你不知道。我现在要从你这里离开了，应该告诉你一声。”

那人离开一个多月后，陈家就遭大火，奴婢们都死了。不到一年，陈家就败落了。

锅中的白头公公

东莱郡有户人家姓陈，全家上下有一百多口人。早上家里人生火做饭，水怎么都煮不开，揭开锅盖一看，有个白头老人从锅里面走了出来。

陈家人便请人去占卜。占卜师说："遇见这只大精怪，会有灭门之灾的。你们赶紧回去，多制作一些兵器，做好后，把它们放在门对着的墙壁下，然后关紧门，大家都待在屋子里。不久应该会有大批军马来敲门，但你们千万不要应声。"

于是他们回去后制作了一百多件武器，把它们放在门对着的墙下。果然有人来敲门，他们不回应。主帅大怒，下令沿着门的缝隙进去。随从从缝隙看到门里面有大小武器一百多件，出来后告诉了主帅。

主帅十分震惊，对身边的人说："让你们快点来，你们不来，现在捉不到一个人回去交差。该怎么办才不会获罪呢？从这儿向北走约八十里的地方，有个人家有一百零三口人，可以把他们捉了。"

十天以后，北边那家人全都死光了。听说那家人也姓陈。

服留鸟不翼而飞

晋惠帝永康元年，京城有人得到一只怪鸟，不知道它叫什么名字。赵王司马伦命人把鸟带出去，到城里街市上转悠，问问大家。

当天，皇宫西面有个小孩看到了，便自言自语说：“服留鸟。”带鸟出去的人回来后禀告了司马伦。司马伦要他出去找那个小孩，果然又遇见了，便把他带进了皇宫。他们把鸟儿关在笼子里，又把小孩关在屋子里。

第二天去一看，鸟和小孩都不见了。

南康柑子精

南康郡南面有座东望山，有三个人一同进山，看见山顶上有果树，各种果子都有，就像人排队一样排列整齐。这季节柑子正好成熟了。

三人一同吃柑子吃到饱，又揣了两只在怀里，准备出去后给人看。

听见天上有人说：“把那两只柑子放下，我才会放你们离开。”

秦瞻遇蛇精

秦瞻住在曲阿县彭皇乡的郊野里。

忽然有个像蛇一样的东西钻进了他的脑子里。那蛇来的时候，先是闻了闻，然后就钻进了他的鼻孔，盘卧在他的脑子里。他觉得脑子里嗡嗡作响，昏沉沉的，只听见那蛇在他脑子里吃东西发出的咂咂声。过了几天，蛇爬出来了，不久又回来了。秦瞻用手巾掩住口鼻，但那蛇还是钻进去了。

之后几年，他也没生什么病，只是总觉得头痛。

卷十八

饭臿怪

（臿：chā）

魏明帝景初年间，咸阳县吏王臣的家里有鬼怪出没，不知道为什么总能听见拍手呼应的声音，大家在那儿守着却又什么都看不到。

他母亲夜里劳作累了，准备歇息，躺下一会儿，就听见灶下有人呼喊：“文约，你怎么没来？”她头下的枕头回应说：“我被枕住了，过不去，你可以到我这里来喝酒。”

等天亮后，发现灶下是一只饭臿。家人就把它们放在一起烧掉了，后来再也没有发生怪事。

木杵怪

魏郡的张奋，家中本来很富有，忽然衰败，家财散尽，于是就把家宅卖给了程应。程应住进来后，全家生病，又把房子转卖给邻居何文。

何文事先独自带着大刀，傍晚时分潜入北面堂屋的房梁上。夜里三更快结束时，忽然有个身长一丈有余的人戴着高高的帽子，穿着黄色衣裳，来到堂屋里，喊：“细腰！”细腰应声。那人又问:“屋子里为什么有活人的气息？”细腰回答说:“没有啊。”那人便离开了。过了一会儿，有个戴着高帽子、穿着青色衣裳的人也来了。后来，又来了个戴着高帽子、穿着白衣服的人。他们的问答都和前面穿黄色衣裳的人一样。

天快亮了，何文下来到堂中，像前面几个人一样呼喊，问:“穿着黄衣服的人是谁？”细腰回答:“是黄金，住在堂屋西面的墙壁下。”“穿青色衣裳的是谁？”细腰回答:“是铜钱，住在堂屋前面距离水井五步的地方。”“那穿白色衣服的是谁？”细腰回答说:“是白银，住在墙东北角的柱子下。”“那你又是谁呢？”细腰说:“我是木杵，现在在灶台底下。”

等到天亮了，何文依次把它们挖出来，挖到黄金、白银各五百斤，铜钱千万贯。然后他把木杵烧了。何文从此变得很富有，宅子也清静了。

怒特祠边的树精

秦国时，武都郡故道县有一座怒特祠，祠里有一棵梓树。

秦文公二十七年，文公派人来砍树，天立马刮起大风，下起大雨，树上砍出的创口瞬间愈合了，大家砍了几天都没能砍断。文公便增派了人手，持斧头的总共有四十人，还是没能砍断。

士兵们累了，回去休息。有个人的脚受伤了，不能走路，就在树下休息，听见有鬼对树神说：“对抗他们的砍伐累吗？”树神说：“有什么累的？”鬼又说：“秦文公肯定不会善罢甘休的，你该怎么办？”树神回答：“秦文公能奈我何？”那鬼说：“秦文公要是派三百个人，披头散发，用红丝线缠住树干，穿着赤赭色衣服，一边撒灰一边砍你，你能不被困住吗？”树神默然不语。

第二天，这人将自己的听闻告诉了文公。文公便下令让大家都穿上赤赭色衣服，在砍伤的树干上撒上灰。树干断了，从里面出来一头青牛，径直跑到丰水里。后来，青牛从丰水中出来了，文公派骑兵追击，追不上。有个骑兵坠马落地，又爬上马，他的发髻散开了，披散着头发。青牛畏惧，又逃到水中，不敢再出来。

从此，秦国就设立了“旄(máo)头骑”。

树神黄祖示神迹

庐江郡龙舒县陆亭旁的小河边有一棵大树，高几十丈，经常有几千只小黄鸟在上面筑巢。

当时，天气久旱不雨，老人们总是聚在一起说：“这棵树的周围总有黄色烟雾笼罩着，也许有神灵在里面，我们可以向它祈雨。”

于是人们就准备了酒肉来到亭中。当时有个叫李宪的寡妇，半夜起来，屋子里忽然出现了一个妇人，穿着绣花衣裳，自我介绍说：“我是树神黄祖，可以兴云作雨。我觉得你品性高洁，以后我可以帮助你生活。早上，父老乡亲们来我这里祈雨，我已经禀告了天帝，明日日中就会下大雨。”

到了她说的时间，天上果然下了大雨。人们便为她建立了祠庙。李宪说：“父老乡亲们都在这里，我住的地方靠近水，想用一些鲤鱼来犒劳父老乡亲。”话音刚落，就有几十只鲤鱼飞到堂屋下，在座的人都吓坏了。像这样过了一年，黄祖对李宪说：“这里将要发生兵祸，我打算离开了。”她留下一只玉环说：“戴着这个就能躲避灾祸。”

后来，刘表与袁术相互征伐，龙舒县的百姓都迁走了，只有李宪所在的乡里没有受兵乱影响。

张叔高砍杀树精

魏国桂阳太守张辽，是江夏人，曾到鄢(yān)陵县去安家买田。田中间长了一棵大树，粗十余围，枝繁叶茂，遮盖了几亩土地，田里不长谷物。张辽派人去砍树，砍了几下，树上流出来六七斗红色的汁水。这人吓坏了，回来告诉张辽。张辽大怒说：“树老了，汁水自然就变成了红色，有什么好大惊小怪的？”于是就自己亲自去砍树，树上的血喷涌出来。

张辽先砍树枝。树上有个空隙，看见一个白发老人，身长四五尺，突然跳出，冲张辽扑来。张辽立马拿刀与他格斗，一共砍杀四五个老头，把他们都砍死了。旁边的人都吓得趴在地上，只有张辽还是与过去一样泰然自若。大家仔细看时，发现它们并不是人，也不是动物。树就这样被砍掉了。这大概就是所谓的木石之中的怪物或魍魉吧。

这一年，张辽应征司空，任侍御史、兖州刺史之职，享俸禄两千石。回乡祭祖时，大白天里穿着锦绣华服，尽显荣耀，也没发生什么其他的怪事了。

树精彭侯

吴国孙权时期，陆敬叔任建安县太守，派人砍伐大樟树。

砍了几斧头后，树上流出了血。树干断裂，有个怪物长着人的面孔，狗的身子，从树里跑出来。陆敬叔说："这怪物叫'彭侯'。"于是他就把它煮吃了，味道跟狗肉一样。

《白泽图》说："树木的精怪叫'彭侯'，长得像黑狗，没有尾巴，可以煮了吃。"

梓树与飞船

吴国时期，有棵梓树很粗，枝叶延伸一丈有余，树荫能遮蔽好几亩土地。

吴王命人砍了这棵树做成船，派童男童女三十人一起拉纤。船自己飞到了水里，童男童女全都淹死了。

至今河里还时常有拉纤的口号声响起。

老狐狸拜见董仲舒

董仲舒讲课时，有客人来拜访。

董仲舒知道这不是普通的客人。客人又说：“天快要下雨了。”董仲舒打趣他说：“住巢穴的知道刮不刮风，住洞穴的知道下不下雨。你如果不是狐狸，就是鼷(xī)鼠。”

客人随即变成了一只老狐狸。

张华遇见千年狐狸

张华，字茂先，晋惠帝时期任司空。

当时燕昭王坟前有一只花斑狐狸，已经活了很久了，能幻化人形，于是变成了一位书生，准备去拜访张公。他路过燕昭王墓，问墓前华表说：“以我的才貌，你觉得能见到张司空吗？”华表说：“以你十分奇妙的见解，没什么不可以的。但是以张公的聪明才度，恐怕你很难蒙混过关。你这次过去肯定会受辱的，更怕你回不来。不但会失去你千年的修为，还会连累我这老华表。”狐狸不听他的，拿着名帖就去拜访张华了。

张华见访客风流俊逸，面色洁白如玉，举手投足，顾盼生姿，就很重视他。于是同他谈论文章，他辩论的观点和引用的材料都是张华没有听说过的。再跟他讨论三史和诸子百家，推究老、庄之玄妙，总结风、雅之绝旨，包揽十圣，纵贯三才，分析儒家八派，追寻三纲五常，张华无不应声叹服。于是张华感慨说："天下怎么会有这样的少年！如果不是鬼怪，就是狐狸。"

张华亲自整理床榻，将少年留下，并派人看护。这少年便说："我以为张公是尊重贤士、包容众才，嘉奖良善而远离无才之人的，怎么会嫉恨别人的学问呢？墨子的兼爱，难道是你这样的吗？"

他说完便请求离开，但张华已经派人把门看住，他出不来。少年又对张华说："张公在门口安排了这么多兵马，想必是对我有所怀疑了。恐怕天下人都要卷起舌头不敢直言了，有智谋的贤士也会看着你的家门而不敢进来。我深深为明公你感到惋惜。"张华并不应声，只是让人看得更严了。

当时丰城县令雷焕，字孔章，是个博学多才的人，正好来拜访张华。张华便将少年的事情告诉了他。孔章说："如果真的怀疑，为什么不找猎犬过来闻闻呢？"张华便命人带来猎犬，而少年毫无惧色。他说："我天生聪明才智，你却当我是妖怪，用狗来试我。就算你试上千遍万遍，我难道会害怕吗？"

张华听了，更加生气了，说："这肯定是真妖。听说魑魅妖怪都怕狗，但是狗只能闻出几百年的妖怪，对于这种千年老妖精就闻不出来了。只有找到千年的枯木照他，他才会立马现形。”孔章说：“千年神木要到哪里去找呢？”张华说：“世间传说燕昭王墓前的华表木已经有一千年了。”

张华便派人去砍伐华表木。派去的人走到华表木所在的地方时，天上忽然落下来一个青衣小儿问来者说：“你为什么来这里？”使者说：“张司空遇见一个少年来拜访他，那少年才华横溢，能言善辩，张司空疑心他是个妖怪，派我来找华表木去照照。”青衣小儿说：“老狐狸太不明智了，不肯听我的话，今天祸事殃及于我，难道还能逃得了吗？”于是便呜咽哭泣，一下子就不见了。

使者便砍了华表木，树上流下很多血。他带着木头回去，将木头燃着去照那少年，发现是一只花斑狐狸。张华说：“这两个东西要是没遇见我，再过一千年也没人能抓到。”于是就煮了老狐狸。

吴兴老狐怪

晋朝时，吴兴郡有个人有两个儿子。他们在田里劳作时，曾碰到父亲过来打骂驱赶他们，他们回家把这事告诉了母亲。母亲问父亲，父亲大惊，知道这是鬼魅干的，便让两个孩子砍死那只鬼魅。鬼魅得知就没再出现了。

父亲害怕两个儿子被鬼魅缠住，便亲自到田里去看。儿子以为那是鬼魅，便把他砍死埋了起来。鬼魅到了他们家，变成他们父亲的模样，跟家里人说孩子们已经把妖怪杀死了。两个儿子晚上回来，全家一起庆祝，很多年都没发现不对。

后来，有个法师路过他们家，对两个儿子说："你们父亲身上妖气很重啊。"两儿子回去告诉父亲，父亲大怒。儿子赶紧跑出去告诉法师，让法师赶紧到他家去。法师故意弄出很大声音进入他们家里，父亲就变成一只大狐狸，藏在床底下，后来还是被抓住杀死了。

两个儿子这才知道，之前他们杀死的是他们真正的父亲。后来，他们为父亲补办了葬礼。一个儿子因此自杀了，另一个儿子懊悔不已，不久也死了。

狐狸精的丫鬟

句容县麋村的村民黄审在田里耕种时，碰到一个妇人从田埂上走过，从东面刚下去，又走了回来。

黄审一开始以为她是人，但她天天如此，黄审心里便觉得很奇怪。黄审问她说：“妇人你总是来来回回的是从哪儿来的？”妇人顿了顿，只是笑着不说话，然后就走了。

黄审更加怀疑了，便预先准备了长镰刀等着她。他不敢砍那妇人，便砍了一直跟在那妇人身后的婢女。妇人立马变成了一只狐狸跑了，再看那婢女，原来是一条狐狸尾巴。黄审追赶，但没追上。

后来有人看见这只狐狸从土洞里钻出来，就去挖，挖到了一只没有尾巴的狐狸。

刘伯祖与狐仙

博陵郡的刘伯祖任河东县太守时，他住宅的天花板上有个神仙，会说话，经常喊刘伯祖过来说话。凡是有京城送来的文书，他总是能预先告知刘伯祖。

刘伯祖问他想吃什么，他说想吃羊肝。刘伯祖便买来羊肝，又让人在他跟前切羊肝，羊肝刚切下就不见了。吃了两只羊肝后，忽然有只老狐狸在桌前飘忽若现。

拿刀的人准备用刀去砍它，但被刘伯祖制止了。老狐狸自己又爬回天花板上，一会儿笑着说：“刚刚吃羊肝，吃得太着迷了，竟然不小心在府君面前现了形，实在是太惭愧了。”

后来，刘伯祖升迁司隶，老狐狸又像以前一样提前对他说：“某月某日，你的诏书就来啦。”等到了那天，果然和狐狸说的一样。等刘伯祖搬进了司隶府，老狐狸也跟着他搬到了新府的房梁上，总是跟他谈及朝廷里的秘事。刘伯祖心里十分害怕，便对它说：“我现在的职位主要是监察百官，以后要是有人知道你住在我这里，怕因此加害我。”老狐狸说：“如果真像你担忧的这样，那我确实应该离开了。”后来老狐狸就没了消息。

西 海 狐 狸 精

东汉建安年间，沛国郡的陈羡任西海都尉，他的部下王灵孝无缘无故逃走了。陈羡准备杀了他。没多久，王灵孝又逃走了。

陈羡找不到他，就把他的妻子抓了起来。妻子把事情的经过讲给陈羡听，陈羡说：“想必是被鬼魅抓走了，我们应该去把他找回来。”于是他带着几十个步兵，牵着猎犬在城外来回寻找，果然在一座空坟里找到了王灵孝。鬼魅听见人与狗的声音就逃走了。陈羡派人将王灵孝搀扶回去，这时候他的样子已经很像狐狸了，也不回答别人的问话，只是一直呼唤着“阿紫”。阿紫是狐狸精的名字。

十几天后，王灵孝渐渐恢复了神智。他说：“狐狸最初来的时候是在屋角的鸡棚那里，化作美女的模样，自称阿紫。她一直呼唤我，不止一次，然后我就跟着她走了，把她当作自己的妻子。天黑了就跟着她一起回家。遇到狗，我也没醒过来，只是觉得跟她在一起很快乐。”

道士说：“这是山鬼。”《名山记》说：“狐狸精是上古淫妇，她的名字叫阿紫，后来变成了狐狸。”所以狐狸精们总是自称阿紫。

宋大贤杀狐狸怪

南阳郡西郊有一座亭子，行人不能在那里歇脚，歇下就会遭遇灾祸。

乡里有个叫宋大贤的人，向来正直，曾在这亭楼里休息。

他夜里坐起来弹琴，也不准备什么武器。等到半夜，忽然有个鬼登上楼梯，跟宋大贤说话。它瞪着眼睛，露出獠牙，形貌吓人。宋大贤却还是跟之前一样弹琴，鬼就离开了。

鬼从菜市口带过来一颗死人的脑袋，对宋大贤说："你不准备睡一会儿吗？"说着便把死人脑袋扔到宋大贤面前。宋大贤说："太好了，我晚上睡觉没有枕头，正想要这个呢。"鬼又走了。

过了很久，鬼回来说："你能跟我打一架吗？"宋大贤回答："好啊。"话还没说完，鬼站在前面，宋大贤便从后面一把抓住它的腰。鬼急忙喊道："要死了，要死了。"宋大贤便把它杀了。

等到第二天一看，原来是一只老狐狸。此后这座亭子再也没什么妖怪了。

郅伯夷捉怪

北部督邮西平郡的郅伯夷三十多岁了，很有才华，是长沙郡太守郅若章的孙子。

日暮时分，他来到一座亭楼前，吩咐部下带人住进去。

录事掾说："天色尚早，可以走到下一座亭楼再休息的。"伯夷回答说："我想写文书。"于是大家便留宿在这里。小吏和小卒们都很害怕，说应该离开这里的。这时候，上面传话下来说："督邮准备到楼上去观望，大家快去打扫一下。"过了一会儿，伯夷上了楼。

天还没黑，楼上楼下便点亮了灯火。伯夷下令说："我思考问题的时候不能见火，把灯都灭了吧。"小吏知道一定会遭遇变故，到时候还是要用灯火来照，便把火种藏在罐子里。

天黑了，伯夷整理装束，诵读完《六甲》《孝经》《易经》，便躺下休息。过了一会儿，他把头转向东侧，用破巾将两只脚扎紧，头上也扎好了头巾，偷偷拔剑，解下剑带。

夜半时，有个四五尺高的黑影走到屋里，一下扑在伯夷身上。伯夷立马用被子把它盖住。他脚上的破巾掉了，差点让怪物跑了。他一直用剑带抽打怪物的脚，喊部下拿灯火上来照看。一看，是一只老狐狸，全身通红，身上几乎没有什么皮毛。他们把老狐狸抓下去烧死了。

第二天早上，整理亭楼的时候，清理出来一百多个人被剃去的发髻。这里的妖怪从此就绝迹了。

狐狸怪

吴郡有个书生，满头白发，自称胡博士。他给学生上课的时候，忽然消失不见了。

九月初九那天，有个学生跟人相约去爬山游玩，听到有人授课的声音，便命仆人循声去看。仆人看见一座空坟里有许多狐狸一排排坐着，看见人就跑了。只有一只老狐狸不跑，正是那个满头白发的胡博士。

鹿怪

陈郡的谢鲲，因为生病辞去了官职，一直在豫章郡隐居。

他曾路过一座空亭，在亭中过夜。这亭子，过去总是死人。那天夜里四更，有个穿着黄色衣裳的人来呼唤谢鲲的字号说："幼舆，你开开门。"

谢鲲安之若素，毫无惧色，让来者把手臂从窗户伸进来。来者把胳膊伸了进来，谢鲲随即用力拉住他的胳膊，那人挣断手臂，才逃去。

第二天一看，那是一条鹿腿，循着血迹去找，最终找到了这只鹿怪。此后，这座亭子里再也没有妖怪了。

母猪怪

晋代有个读书人姓王，家住吴郡。他回家至曲阿县时，已经是黄昏了。他划船靠岸，停在一座大坝边。

他见大坝上有个姑娘，十七八岁的年纪，便喊她过来，留她一同过夜。等到天快亮的时候，他解下自己的金铃，把它系在姑娘的手臂上。然后他派人偷偷跟着那姑娘回家，发现其家里根本没有女人。

当察看这家的猪栏时，才发现一只母猪的前腿上系着那个金铃。

羊怪

汉代，齐郡人梁文爱好道术。他家里有座神祠，为此建造了三四间屋子，神座上布置有黑色的帷帐。他自己常在这房里待着，十几年如一日。

后来祭祀的时候，帷帐里忽然有人说话，自称高山君，能饮食，还能为人治病。梁文侍奉他十分恭谨。

过了几年，梁文被允许进入帐内。神喝醉了，梁文便祈求能见他一面。神对梁文说:“把手伸过来。”梁文把手伸过去，得以摸到神的下巴，胡子特别长。梁文便慢慢将他的胡子绕在手上，然后忽然用力一拉，就听到神仙发出一声羊叫。在座的人都震惊得站了起来，过来帮梁文一起拉扯。拉出来之后，发现是袁术家的山羊,已经丢了七八年了,也没人知道它去了哪里。

梁文便把这只羊杀了，之后所谓的神仙就消失了。

老狗成精

南阳郡的司空来季德停灵待葬，忽然现形坐在祭床上，他的模样、衣着和语气都宛如生前。他依次教训了孙子、儿子、儿媳、女儿，每件事都说得清清楚楚。又鞭打奴婢，都能一一说出他们的过错。他吃饱喝足后，就离开了。

一家老少对他的离去不再感到悲痛。一直这样过了好几年，家里人渐渐对他对现形感到厌烦和困苦。后来他喝酒喝多了，现出原形，变成了一只老狗，大家便一起追着把它打死了。

后经查问才知道，这是乡里卖酒人家的狗。

兰陵老狗怪

山阳县的王瑚，字孟琏，任东海郡兰陵县县尉。

每天夜半，都会有一个戴着黑色帽子、穿着白色单衣的小吏来县里敲门。他出门迎接，却又什么都看不到，像这样一直过了很多年。后来大家躲在暗处等着，看见一只老狗，和以前的小吏一样黑头白身，到了阁楼前就变成了人的模样。下人把这事告诉了孟琏，他们就把这狗杀了。此后再也没发生过怪事。

李叔坚见怪不惊

桂阳县太守李叔坚，任从事掾。他家里有只狗，能像人一样走路。家人说："应该把狗杀了。"叔坚说："古人以犬马比喻君子。狗看见人走路，模仿一下也无伤大雅吧。"

后来，狗又戴着李叔坚的帽子到处走，家人都很吃惊。叔坚说："它只是误碰了帽子，帽绳挂到它脖子上而已。"

狗又跑到灶台下去添火，家人更加震惊了。叔坚又说："孩子、婢女们都在田里劳作，狗帮忙添火，正好不用麻烦邻居来帮忙了。这有什么不好的？"

过了几天，狗突然暴毙。后来就再没有任何怪异之事了。

苍 獭 化 妇

吴郡无锡县有上湖，上湖的小吏丁初只要遇到天下大雨，就会去堤上巡防。

春天多雨，丁初去巡堤，天色将暮才回来。有个姑娘，穿着一身青衣，撑着一把青伞跟在他身后，呼喊：“丁初等等我。”

丁初开始觉得很茫然，想留下来等等她，可又想以前从来没有这种情况，怎么今天忽然有个姑娘冒雨行路，恐怕是个鬼物。丁初便快走，回头一看，那姑娘也追得更快了。

丁初因此急行，走很远了，回头一看，见那姑娘自己跳入湖中，湖水翻涌出声。她的衣服伞盖都飞散开了。仔细一看，原来是一只苍獭，衣服和雨伞都是荷叶所化。

这苍獭总是化成人形，屡屡出来媚惑少年。

王周南遇鼠怪

魏齐王曹芳正始年间，中山郡的王周南是襄邑长。

忽然有只老鼠从洞穴里爬出来，在议事的大厅上说：“王周南,你将在某月某日死去。”王周南急急走开,并不理会老鼠。老鼠就回到了自己的洞穴。

后来到了那天，老鼠又爬了出来。它戴着高高的帽子，穿着黑色衣裳说：“王周南，你今天中午就会死去。”王周南还是不理它，老鼠又回到了自己的洞穴。

过了一会儿，它爬出来，又爬进去，来来回回好几次，都说了一模一样的话。

等到了日中，老鼠说：“王周南，你不回应，我还能说什么呢？”话音刚落，它就跌倒在地上死去了，身上的衣服和帽子都消失了。

凑上去一看，它跟普通的老鼠并没什么区别。

书生除精怪

安阳县城南有一座亭楼，不可在夜里留宿。如果留宿，就会死人。

有个书生通晓道术，就到那里过夜。亭楼附近的百姓说：“这里不可以留宿。过去在这里留宿的，没有能活下来的。”书生说：“不必担心，我自己可以应付。”于是便住在亭长办事的房间里。

他端坐读书，很久才休息。夜半后，有个人穿着黑色衣服来到亭楼外，呼喊亭主。亭主应声。那人问：“我看见亭里好像有个人，是吗？”亭主回答：“之前有个书生在这里读书，刚刚休息，好像还没睡着。”那人嘴里念念有词，走开了。过了一会儿，又有个戴红色帽子的人来喊亭主，跟之前那人一样的问答。那人也念念有词地走开了。

他们都走后，外面安静下来。书生料到应该没人再来了，便爬起来像之前来的那两个人一样呼喊亭主，亭主回应了他。书生问：“亭里有人吗？”亭主像之前一样回答了。他又问：“之前来的穿黑衣服的人是谁？”亭主回答：“是北舍的老母猪。”他接着问：“戴红帽子的是谁呢？”亭主说：“是西舍的老公鸡。”他问：“你又是谁呢？”亭主说：“我是老蝎子。”

于是，书生便暗暗背了一夜的书，到天亮了也不敢睡下。天亮以后，亭楼附近的百姓过来看，震惊地说：“你是怎么活下来的？”书生说：“快找剑来，跟我一起去捉鬼。”于是他们便带着剑来到昨夜问话的地方，果然抓到一只老蝎子，玉琵琶一般大小，毒尾有几尺长，又到西舍抓到了一只老公鸡，到北舍抓到了老母猪。他把这三个怪物都杀死了，亭楼从此便安宁了，再也没发生什么灾祸。

汤应除精怪

吴国时，庐陵郡都亭的重楼里，常有鬼魅出没，留宿在那里的人都死了。从那以后，出使的官差再也不敢到这亭里留宿了。

当时，丹阳郡有个叫汤应的人，胆子很大，而且身怀武艺。他出使到庐陵的时候，便在这亭里留宿。当地的官吏跟他说不可以在那留宿，汤应却不理会。他让随从们都出去，自己带着一把大刀，独自待在亭里。

等到夜里三更，他忽然听见有人叩门。汤应远远地问是谁。来人回答说："我是部郡，前来拜访。"汤应便让他进来。他们寒暄了几句，部郡便离开了。过了一会儿，又有人叩门，汤应又问来人是谁。来人回答："我是太守，前来拜访。"汤应又请他进来，发现太守穿着黑色衣裳。太守离开后，汤应觉得他们都是人，没什么可疑的地方。一会儿，又有人来敲门，说："部郡与太守一同来拜访。"汤应起了疑心，心想："这深夜不是访客的时候，郡守跟太守也不应该同行。”他知道这一定是鬼魅，于是带着刀，开门迎接他们。

那两人都穿着华丽的衣裳，一同进门。落座后，太守便跟汤应交谈起来。话还没有谈完,部郡忽然起身走到汤应身后。汤应回头看了一眼，抽刀向身后砍去，砍中了部郡。太守一看情况不对，站起身逃了出去。汤应急忙追赶，一直追到亭楼后面的墙角下才追上。他砍了太守数刀，然后才回去接着睡觉。

天亮后，汤应带着人去搜寻，看到有血迹，最终把这两人都抓住了。那个自称是太守的，实际上是一只老猪。而自称部郡的，实际上是一只老狐狸。从此之后，这些妖怪就绝迹了。

搜神记
卷十九

李寄斩大蛇

东越闽中境内有一座庸岭，高数十里。庸岭西北的山谷里有一条大蛇，长七八丈，粗十几围，当地传说经常得怪病。东冶县的都尉和县里的官吏有很多就是因为大蛇而死的。人们用牛羊来祭祀它，仍然得不到福佑。它曾给人托梦，也给巫祝下过命令，说自己想吃十二三岁的童女。

都尉和县里的官吏们都以此为患。疫气始终没有消除，他们只能去找大户人家的婢女生下的女儿或者罪犯人家的女儿来供奉大蛇。每到八月朝祭的时候，把女孩们送到蛇洞口，蛇出来一口吞吃了她们。多年如此,大蛇一共吃掉了九个女孩。那时他们又在预先招募寻找女孩，没能找到。

将乐县李诞家里有六个女儿，没有男孩。最小的女儿叫李寄，她想应征前往，但父母怜爱她，始终不听她的话。李寄便独自去了，拦也拦不住。

李寄告诉主持祭祀的人，准备好宝剑和吃蛇的狗。等到八月朝祭的时候，她来到庙里坐着，怀抱宝剑，手里牵着狗。她先将几石粢(cī)饭用蜜糖拌好，放在洞口。于是蛇出来了，它的头像谷仓一样大，两只眼睛像是两面二尺宽的镜子。它闻到粢饭的香气，便先去吃饭。李寄立马把狗放出来，那狗咬住了大蛇，李寄在后面用宝剑砍蛇，砍出好几道伤口。蛇因为剧痛，便从洞中蹿出，爬到庙前就死了。李寄走到山洞里查看，找到了九个女孩子的骷髅。她把她们都带出来，惋惜地说：“你们如此懦弱，被蛇吃掉，真是太可怜了。”然后，李寄便从容回家了。

越王听说了这事，聘娶李寄为王后，任命她的父亲为将乐县县令，她的母亲还有姐妹们也都得到了赏赐。从那以后，东冶县再也没有妖邪之物了。那里至今还传唱着歌颂李寄的歌谣。

司徒官府的大蛇

晋武帝咸宁年间，魏舒任司徒。他府里藏着两条大蛇，有十几丈长，一直住在议事厅的天花板上。它们在那里住了很多年，人们都不知道，只是奇怪府里莫名其妙就会丢失孩子或者鸡犬之类的。

后来，有一条蛇晚上爬出来，游经柱子旁的时候，被柱子剐伤了。它受了伤便不能爬回房梁了，这才被人发现。魏舒便派几百人，与这两条蛇搏斗了好久才把它们杀死。

魏舒让人搜查它们居住的地方，发现里面堆满了白骨。于是把这府舍拆了，重新修建。

扬州蛇妖

汉武帝时期，张宽任扬州刺史。

在他上任之前，有两个老头争一处山地，到州里为边界的事打官司，一连几年都没能解决。

张宽上任后，他们又来了。张宽看他们俩的样子不像是人，便派兵卒拿着杖和戟把他俩带了进来，问："你们是什么妖怪？"

那俩老头转身要走，张宽便命人用力打他们，他们就变成了两条蛇。

鳄鱼怪

荥阳郡人张福行船，傍晚将船停靠在野外的水边。

夜里有个容貌绝佳的女子，自己驾着小船来投靠张福。她说："天黑了，我担心路上会有老虎，不敢在夜里行船。"张福问："你姓什么？为什么这么轻率出行，连斗笠都没有？现在天下大雨，你可以到我船上来避雨。"两人互相挑逗了几句话，那女子便到张福船上睡觉，把自己乘的小船绑在张福的船边。

三更时分，雨停了，月光如昼。张福借着月光去看那妇人，发现竟是一条大鳄鱼枕着自己的胳膊在睡觉。张福惊起，想要抓住它，它立马跳进水里逃跑了。

那之前的小船，实际上是一段枯木，有一丈多长。

丹阳道士遇精怪

丹阳郡道士谢非到石城去买锅，他回来的时候，已是日暮，赶不到家了。山中有座庙坐落在溪水边上，谢非就在庙里过夜。他进庙时大喊："我是天帝使者，在这里留宿。"他还是担心有人抢走他的锅，心里隐隐有些不安。

二更天的时候，有人来到庙门前，喊道："何铜！"何铜应声。那人问："庙里有人的气味，那是谁？"何铜回答："是有个人，自称是天帝使者。"那人过了一会儿就走了。之后，又来了个人喊何铜，像之前那个人一样问他话，何铜也做出一样的回答。第二个人也叹息着离开了。

谢非被惊扰醒了，睡不着，便起来喊何铜，问他："之前来的那个人是谁？"何铜说："是住在溪水边的白鼍(tuó)。"谢非又问：“你是谁？”何铜回答：“我是庙北石头缝里的一只乌龟。”谢非暗暗记在心里。

等天亮后，他告诉附近的居民说：“这庙里根本没有什么神仙，只是鳄鱼和龟之类的精怪，你们白白浪费酒食来祭祀他们。赶快带上铁锹，我们一起去把它们找出来。”众人平常也都有些疑惑，于是跟着谢非一起去挖掘，找到后便把它们都杀死了。

人们推倒了庙，断绝了祭祀，此后，这里就太平了。

五酉精怪

孔子在陈国遭遇困境，在驿馆里弹琴歌唱。半夜，有个身长九尺有余的人，穿着黑色衣裳，戴着高高的帽子，大声呼喊，惊动了附近的人。子贡上前问：“你是什么人？”那黑衣巨人便挟持了子贡。子路把他引出来，在庭院里与他搏斗，很久也没有取胜。

孔子发现那人的铠甲与下巴间时不时会像手掌一样打开。孔子说：“子路，你为什么不把手伸进他的盔甲与下巴间的缝里面，然后用力向下扯呢？”子路用手一扯，那巨人立马仆倒在地，原来是一条九尺多长的大鳀(tí)鱼。

孔子说："这怪物怎么跑到这里来了？我听说东西老了，各种精怪会附着在它身上。是因为我老了，才招来这样的东西吗？还是因为我遭遇困厄，断绝了粮食，所以我身边的人都生病了吗？六畜之物以及龟、蛇、鱼、鳖、草木之属，老了都会有精怪附在它们身上，能兴妖作怪，称为'五酉'。'五酉'是指与五行相对应的五方，都有自己相对应的怪物。'酉'是老的意思。物老了就会变成精怪，杀了就可以了，有什么可怕的呢？或许这是上天不愿丧失斯文，因此来救我们的命。不然，它怎么会出现在这里呢？"

孔子一直弹唱不停。子路把这条鳀鱼煮了，味道很鲜美。生病的人也很快就康复了。第二天，大家就一起出发了。

鼠妇作怪

豫章郡有户人家，婢女在灶下生火，忽然看见几个几寸长的小人来到灶间的墙壁下。婢女不小心用脚踩住了它们，杀死一人。

一会儿，突然有几百个小人穿着粗布丧服，抬着棺材来收殓尸体，各种丧仪都很完备。他们一路走出东门，来到菜园里的一块旧船板下面。

婢女凑近去看，发现这些小人都是潮虫。于是婢女就烧了开水来灌杀它们，它们从此绝迹了。

刘玄石喝千日酒

狄希是中山人，会酿一种名叫千日醉的美酒，喝了这酒会大醉千日。

当时州里有个叫刘玄石的人，喜欢喝酒，到狄希家索酒。狄希说：“我的酒还没酿成，不敢给你喝啊。”刘玄石说：“即便没酿成，也让我喝一杯，可以吗？”狄希听了这话，就给他饮了一杯酒。刘玄石喝了又要，说：“好酒！能不能再给我一杯？”狄希说：“你先回去吧，改日再来。就这一杯酒，够你醉眠一千天了。”

刘玄石告别时，脸色上有些酒劲发作，刚到家就醉死了。家里人没多想，哭着把他给埋葬了。

三年以后，狄希说：“刘玄石的酒应该醒了吧，我应该去他家问问。”等他到了刘玄石家问：“玄石在家吗？”他家人都觉得奇怪，说：“玄石已经死了，三年的丧期都满了。”

狄希惊讶地说：“那酒的美味，可以让他醉眠一千天，今天人该醒了呀。”于是便让他家里人去挖坟，打开棺材。

坟上酒气冲天。人们打开棺材时，发现刘玄石刚睁开眼，张口大声说：“醉得我好痛快呀！”他又问狄希：“你是用什么酿的酒？让我喝一杯就大醉到现在才醒来，现在是什么时辰啦？”

墓上的人都笑了，那些被酒气冲进鼻子的人，也都醉倒躺了三个月。

陈仲举偷听命运

陈仲举贫贱时，经常住在黄申家中。

黄申的妻子临产，有人来叩黄申家的门，家人都不知道。过了很久才听见屋里有人说：“客屋里有人，不能进来。”敲门的人告诉他说：“你可以从后门进。”那人便去后门看。过了一会儿，那人回来了。

留在门外的人问：“是什么样的？名字叫什么？应该活几岁？”回来的人说：“是男孩，名字叫黄奴，应该活十五岁。”“那他以后因何而死呢？”回来的人说：“应该死于兵器。”

陈仲举告诉黄申说：“我能给这孩子算命，这个孩子以后因兵器而死。”黄申夫妇很震惊，一点锋利的兵器都不让孩子碰。等到这孩子十五岁那年，有人把凿子放在房梁上，只露出来木头把柄。黄奴以为那是一根木头，就在下面用钩子去钩，凿子从房梁上掉下来，砸进他的脑袋里，把他砸死了。

后来陈仲举任豫章郡太守，便派小吏到黄申家去问黄奴现在怎么样了，家里人便把这事告诉了他。陈仲举听后，叹息着说：“这就是命啊。”

搜神记
卷二十

病龙报恩记

晋朝魏郡大旱，农夫在龙洞中祈祷，祈到了雨，准备祭祀祝谢。

孙登看见后，说：“这是一条病龙下的雨，怎么能使庄稼复苏呢？如果不信，你闻闻看。”农夫一闻，那雨水果然有腥臭气。

当时，龙的脊背上长了个很大的毒疮，它听到了孙登说的话，就变成了一个老翁来求医。它说：“如果我的病好了，我会报答你的。”

没过几天，天上果然下了大雨。孙登还发现一大块巨石从中裂开，出现一口井，井水清澈见底。大概是龙穿凿此井以报答孙登的吧。

老虎报恩记

苏易是庐陵郡的一名农妇，擅长替人接生。

一天夜里，她忽然被一只老虎叼走了，走了六七里，来到一个大墓。老虎把苏易扔在地上，自己蹲在她旁边。苏易发现有一只母虎正在生产，但幼崽出不来，它趴在地上几乎要死了，不时抬头向苏易投来求助的目光。

苏易觉得很惊讶，便为母虎接生，一共接出来三只幼崽。接生完毕，雌虎背着苏易送她回家，之后多次送野兽肉到她家里。

玄 鹤 报 恩 记

哙(kuài)参奉养母亲十分孝顺。

曾有玄鹤被猎人射伤，落到哙参家。哙参收养了它，又悉心为它治伤，等它痊愈后就把它放了。后来，玄鹤夜里又回到他家门外，哙参举着灯火出来看，见雌雄两只玄鹤双双而至，它们各衔了一颗明珠来报答哙参。

黄 雀 报 恩 记

汉代，弘农杨宝在九岁那年，来到华阴山北，遇见一只黄雀被鸱枭(chī xiāo)攻击，掉落树下，又被一群蚂蚁围困。杨宝看见，深感怜悯，便把黄雀带回家，放在自己的箱子里，每天摘黄花喂它。一百多天后，黄雀的羽毛长好了，早上飞出门，晚上又飞回来。

一天夜里三更时分，杨宝在读书，还没睡下，一个穿着黄色衣裳的童子过来向杨宝拜了再拜，说：“我是西王母的使者，要去蓬莱，不小心被鸱枭攻击。你心存仁爱，救了我，我感谢你的大恩大德。”于是把四枚白玉环交给杨宝，说：“希望你的子孙都如这玉环一般品行高洁，将来定会位居三公。”

隋侯珠

隋县溠(zhà)水旁有一座断蛇丘。

当初，隋侯出游时遇见一条大蛇受了伤，断成了两截。他觉得这条蛇灵异非凡，便派人给它上药包扎，蛇才能够游动。于是他便给这个地方取名为断蛇丘。

一年后，大蛇衔着明珠来报答隋侯。那珠子直径足有一寸，通体雪白，在夜里能发光，明如满月，能照亮整个屋子。于是人们便叫这珠子“隋侯珠”，又叫“灵蛇珠”，也叫“明月珠”。

断蛇丘南面有以隋国大夫季良命名的池塘。

乌龟报恩记

孔愉，字敬康，会稽郡山阴县人。晋元帝时，因讨伐华轶有功而封侯。

孔愉年少时，曾经路过余不亭，看见路边有人在卖一笼乌龟。孔愉把它们买下来，放生到余不溪中。乌龟在水中几番向左边回头看他。

后来，孔愉凭借战功被封为余不亭侯。铸造印绶时，印上的龟纽总是向左旋转，铸了三次都是这样。铸印的工匠把这事告诉了孔愉，孔愉于是明白这是乌龟在报恩，便把印绶拿过来佩戴。后来他又升迁为尚书左仆射，追赠车骑将军。

龙子报恩记

古巢城有一天江水暴涨，后来江水退回原来的水位。有一条大鱼在港口搁浅，重达一万斤，整整三天才死去。整个郡里的人都来分食，只有一位老妇人不愿吃。

忽然有个老头说：“这是我儿子啊。不幸遭此横祸，只有你没有吃他的肉，我会报答你的。要是城东门石龟的眼睛变成红色，这座城就会塌陷。”

老妇人天天都去看那石龟。有个小孩觉得很奇怪，老妇人便把这事告诉了他。小孩为了吓她，用丹砂把石龟的眼睛涂成了红色。

老妇人一见,赶紧往城外跑。有个穿着青色衣裳的童子说：“我是龙王的儿子。”他带着老妇人来到山上，而古巢城则塌陷成了湖泊。

蚂 蚁 报 恩 记

吴郡富阳县的董昭之曾乘船过钱塘江，船行到江中央时，看见一只蚂蚁在一根短芦苇上，爬到一头，又爬到另一头，看上去很害怕的样子。

董昭之说：“这是怕死啊。”便想把它拿到船上来。船上的人骂道：“这是会蜇人的毒虫，不能救它。我现在就把它踩死。”董昭之心里十分可怜这只蚂蚁，便用绳子把芦苇系到船上。船靠了岸，蚂蚁得以上岸逃去。

当天夜里，他梦见一个黑衣人带着几百随从来拜谢说：“我是蚂蚁中的王，不小心掉在江里，感谢你救了我。你以后要是遇见什么困难，请告诉我。”

十余年后，董昭之住的地方发生了抢劫案，董昭之被判为劫犯的头领，收押在余杭县。他忽然想起过去蚁王说过的话，有什么紧急之事应当告诉它，可是现在该怎么告诉它呢？纠结之际，同他关在一起的犯人问他缘故，他便把一切都告诉了他。那人说：“你只用捉两只蚂蚁，放在手里，跟它们说就好了。”

董昭之依照他说的做了。当天夜里，果然梦见黑衣人说：“你可以躲到余杭县的山里。天下大乱，过不久皇帝就会大赦天下的。”然后，他就醒了。这时蚂蚁咬断了他身上的枷锁，他得以从监狱里逃了出来，然后渡江躲到余杭的山里。不久遇到皇帝大赦天下，他果然得以免除罪过。

义犬黑龙

吴国孙权时期，有个李信纯是襄阳郡纪南县人，家里养有一只狗，名叫黑龙。李信纯很喜欢这只狗，与它一同行坐，吃饭的时候都会分出一部分食物给它。

忽然有一天，李信纯在城外喝酒，喝得酩酊大醉，还没到家，就醉倒在草丛里。恰巧太守郑瑕外出狩猎，看见野草长得太茂盛，便派人将草烧了。李信纯醉倒的地方恰好是顺风的方向。黑龙看见火势往这边来了，便用嘴拖拽李信纯的衣服,但是李信纯还是没有醒来。在他醉倒的附近有一条小溪，大概有三五十步的距离。黑龙赶紧跑到水里把自己的皮毛打湿，然后又回到原来的地方，用自己身上的水将李信纯周围都打湿，最终使主人幸免于难。

黑龙来回运水，最终累死在主人身旁。过了一会儿，李信纯醒来，发现狗已经死了，它全身的毛都是湿的。李信纯没反应过来这是怎么回事，又看到周围火燃烧的痕迹，于是痛哭不已。

这件事传到了太守那里，太守怜悯这条狗，说:“忠犬比人还懂得报恩。人要是不知道报恩，岂不是连狗都不如?”于是便下令为狗准备丧服棺材，将它葬了。

至今纪南县境内还有一座义犬墓，高十多丈。

华隆家犬救主人

晋元帝太兴年间，吴郡百姓华隆养了一只跑得很快的狗，名叫的尾，总是带在身边。

华隆后来到江边去割芦苇，被大蛇缠住。狗拼尽全力去咬蛇，把蛇咬死了。华隆身体僵硬倒地，失去知觉。这只狗茫然不知所措，流泪涕泣，在船和芦苇荡里来回奔走。

同行人觉得奇怪，便跟着的尾过去，看见华隆昏死过去了，便把他带回了家。的尾不肯吃食，直到主人醒过来，才开始吃。

华隆因此更加爱惜的尾了，把它当作亲戚一样。

蝼蛄报恩记

庐陵太守太原人庞企，字子及。他说不知他第几世的祖先曾经犯事入狱，本来是无罪的，但经受不住拷打，便认了罪。

等他的案子快要上报时，有一只蝼蛄虫在他身边爬来爬去，他便对蝼蛄虫说："如果你能显神通，救活我这将死之人，不也是一件善事吗？"因此把饭喂给蝼蛄虫。蝼蛄吃光了他的饭，离开了。过了一会儿再回来时，蝼蛄的体形变得大了些。他觉得很神奇，又喂它食物，像这样一直过了几十天，那只蝼蛄虫已经有猪那么大了。

等到他的案子被报上去，快要行刑的时候，蝼蛄虫连夜在墙根挖了个大洞，又咬断他的枷锁，让他从洞里逃出去了。

他出去不久就遇到皇帝大赦，他因此活了下来。

于是，庞氏世世代代都会在一年的四大节日里，到路口去祭祀蝼蛄神。后世渐渐懈怠，不再特意准备食物，只在祭祀神仙的时候，顺带祭祀蝼蛄神，至今还是这样。

母猿哀子

临川郡东兴县里有个人进山时，抓到了一只小猿猴，便把它带了回去。母猿猴跟在他身后，来到他家。

这人把小猿猴绑在院子里的一棵树上给母猿猴看。母猿猴便抽自己的脸，像是祈求那人放了自己的孩子，那情状真是苦于有嘴却不能说话。这人不仅没有把小猿猴放了，还把它杀了。母猿猴悲痛嚎叫，一头栽在地上死了。那人剖开母猿猴的肚子一看，发现它的肠子都断成了一寸一寸的。

没过半年，这家人都染上瘟疫死了，最后导致灭门。

虞荡射麈(zhǔ)而死

冯乘县的虞荡夜里外出狩猎，遇见一只大麈，便拉弓射它。大麈说："虞荡，你是想拉弓射死我吗？"

第二天一早，虞荡带着这只大麈回来。刚进门，虞荡就死了。

华亭大蛇复仇记

吴郡海盐县北乡亭里，有个在官府当差的人叫陈甲，本是下邳县人。晋元帝时，陈甲住在华亭。

他在东郊野外的沼泽地里打猎，忽然遇到一条六七丈长的大蛇。那蛇形状就像能装下几百斛物品的大船，黑黄五色，盘卧在山岗下。陈甲便拉弓射杀了它，他不敢对人说起此事。

三年后，陈甲与乡人一同出去狩猎，路过曾遇到大蛇的地方，便对同乡说："过去我曾在这里射杀了一条大蛇。"

当天夜里，陈甲梦见一个穿着黑色衣裳，戴着黑色帽子的人来到他家，对他说："昔日，我醉得不省人事，你无缘无故杀死我。我那时候醉了，不认识你，所以三年都不知道是谁干的。今天你自己说了，那你就去死吧。”

陈甲从梦中惊醒。第二天，他觉得自己腹痛不已，然后就死了。

邛(qióng)都蛇复仇记

邛都县里有一个老妇人，家中贫苦，她一人独居。每逢吃饭时，总有一条头上长着小角的蛇来。小蛇在床脚徘徊，老妇人可怜它，便喂它饭吃。后来小蛇慢慢地长大了，有一丈多长。

邛都县令家里有一匹骏马，蛇把它吸进口中吃了。县令因此怀恨在心，要老妇人交出蛇。老妇人说：“它在床底下。”县令便命人挖地，他们越挖越深，却一无所得。

县令迁怒于老妇人，就把她杀了。蛇便向人显灵，责备县令说：“你为何杀死我的母亲，我一定会为母亲报仇的。”从那以后，每天夜里都能听见风雨雷电来袭。一直持续四十来天。百姓们相互遇见，都惊讶地说：“你头上怎么有鱼？”

那天晚上，方圆四十里，都随着邛都城一同陷落，变成了湖泊。当地人称它为“陷湖”。只有老妇人的家安然无恙，至今还在那里。渔夫们出去打鱼，必要在这里停宿。每当风浪起来,只要停靠在老妇人家就会平安无事。风静水清的时候，还能清楚地看到城墙楼台的样子。

如今，等到水浅的时候，那里的人们还会潜入水底，找些旧木头，坚硬光润，色黑如漆。现在好事的人把它们制成枕头，相互赠送。

烧茧长疮

建业有个妇人背上有个瘤子，大得像能装下几斗米的布袋。那瘤里有东西，像是聚集了很多蚕茧，走起来哐当有声。

她总是在集市上乞讨。她说:“我是个村妇，曾经和姐妹嫂子们分养幼蚕。每年，只有我养的蚕死得多，于是我就偷了嫂子一袋蚕茧，将它烧了。不久，我的背上就长出了这个疮，慢慢成了瘤子。要是用衣服遮盖它，我就会觉得胸闷气短。把它常露在外面才行，感觉像是背着一袋很重的东西。”

译者 | 何三坡

诗人，作家。祖籍贵州德江。现居泰国清迈。

徐志摩诗歌奖、丁玲文学奖双奖得主。

1991 年毕业于解放军艺术学院文学系。著有诗集《灰喜鹊》《徒然草》，谈话集《向美丽的汉语致敬》，剧本集《开往南京的火车》，译作《夜航船》入选“作家榜经典名著”，靠口碑相传发行量近百万册。

2024 年全新译作《搜神记》问世。